MAUER-MORD-MEDAILLEN

DIETER KERMAS

MAUER – MORD – MEDAILLEN

Ein Berlin-Krimi

Bibliografische Information der Deutschen Natio-nalbibliothek: Die Deutsche Nationalbibliothek verzeichnet diese Publikation in der Deutschen Nationalbibliografie; detaillierte bibliografische Daten sind im Internet über http://dnb.dnb.de abrufbar.

Umschlaggestaltung: Dieter Kermas

Textbearbeitung: Isabella Busch
lektorat-fehlerfuchs@t-online.de

Herstellung und Verlag: BoD – Books on Demand, Norderstedt

ISBN: 978-3-7557-6798-5

Montagmorgen. Erwin Berg riss den Fensterflügel im Besprechungsraum des Verlagshauses auf. Der Geruch von kaltem Zigarettenrauch hing im Raum. Kühle Oktoberluft wehte ihm entgegen. Er lehnte sich aus dem Fenster und schaute auf den Checkpoint Charlie und die Berliner Mauer mit dem Grenzübergang. Heute warteten nur drei Fahrzeuge darauf, sich der Kontrollstelle nähern zu dürfen. Zur Urlaubszeit stand die Schlange bis weit in die Friedrichstraße hinein.

Es wurde Zeit, die schlafende Kaffeemaschine zum Leben zu erwecken. Wo waren die Filtertüten? Sein Blick traf auf das leere Schrankfach. Hatte er nicht erst am Wochenende ein Päckchen besorgt? Ah ja, es lag in seinem Büro. Erwin spurtete eine Treppe tiefer und kam etwas außer Atem zurück. Die Kollegen waren es gewohnt, dass er sich um den morgendlichen Muntermacher kümmerte. Irgendwann hatte er es für eine Woche auf sich genommen, sie zu bedienen. Sie waren so dankbar, morgens frischen Kaffeeduft zu schnuppern, dass sie ihn zu ihrem Kaffeebeauftragten gekürt hatten. Hatte er Urlaub, entschied ein Los, wer ihn zu ersetzen hatte. Nur Minuten später zeigte die Kaffeemaschine gurgelnd und zischend ihre Bereitschaft zur Kaffeeausgabe an.

In der Tür erschien Harry Bentheim.

»Guten Morgen Erwin«, klang es mühsam.

Wer ihn sah, glaubte nicht, dass er für die Sportseite zuständig war. Früher war er ein junger durchtrainierter Boxer im Mittelgewicht. Inzwischen hatte er sich in einen Mann von dreiundvierzig Jahren mit leichtem Bauchansatz verwandelt. Er schaute eher aus, als schriebe er über das Thema Essen und Trinken.

In seiner Jugend kam er durch einen Freund zum Boxsport. Sein Trainer Benno Kalisch entdeckte früh sein Talent und förderte den Jungen. Er schaffte es bis zum Bezirksmeister. Sein Journalismus-Studium ließ ihm immer weniger Zeit zum Training zu, sodass er eines Tages die Boxhandschuhe an den Nagel hängte. Seine fundierten Artikel über Sportevents waren beliebt und manches Mal gehasst. Er hatte sich nie gescheut, unsportliche Absprachen, Bestechungen und Skandale offen anzuprangern.

Schnaufend ließ sich Bentheim auf den nächsten Stuhl fallen. Er spürte Erwins mitfühlenden Blick.

»Schau mich nicht so bemitleidenswert an. Ich wollte heute mal sportlich sein und habe für die vier Etagen die Treppe genommen.«

»Guten Morgen Harry. Das sehe und höre ich. Du siehst aus, als könntest du einen Muntermacher gebrauchen.«

»Kann ich, danke.«

Erwin eilte zum Kaffeeautomaten und setzte sich dann mit zwei Tassen Kaffee schwarz an den großen ovalen Tisch. Die zweite Tasse stellte er wortlos vor Harry hin.

Die grau melierten Haare ließen Bentheim älter erscheinen. Aus seinem schmalen, markanten Gesicht schauten blaue Augen Erwin dankend an.

Nach dem ersten Schluck richtete Harry den Blick aus leicht verquollenen Augen auf sein Gegenüber.

»Grins nicht so unverschämt. Ich habe mich für unsere Redaktion mit Kollegen von früher getroffen. Der Abend war mehr feucht als fröhlich, versichere ich dir.«

Ehe er berichten konnte, was am Vorabend als Thema bei der Kollegenrunde besprochen wurde, kam Ressortleiter Hausmann mit einem besonders lautem: »Guten Morgen Männer« in den Raum gepoltert, als ob er seine Kollegen erst wecken müsste.

»Guten Morgen Helmut«, antworteten sie unisono.

Er hatte den Kaffee ebenso nötig wie die beiden anderen und steuerte geradewegs auf den Kaffeespender zu, um sich zu bedienen. Vorher legte er einen Stapel Unterlagen auf den Tisch. Er setzte sich an seinen Platz ans Kopfende des Konferenztisches, schob den Papierstapel mit der linken Hand zur Seite und schlürfte vorsichtig den ersten heißen Schluck.

»Erwin«, erkundigte er sich, »wie schaut es mit dem Kaffeevorrat aus? Nichts wäre fataler, als einen Tag ohne deinen Kaffee zu beginnen.«

»Es ist noch ein Päckchen im Schrank. Danke der Nachfrage.«

In kurzen Abständen betraten weitere Kollegen den Konferenzraum. Am Kaffeeausschank bildete sich eine nach dem Getränk lechzende Schlange.

Begrüßungsgemurmel, Fragen nach dem Wochenende und leise Lacher über den neuesten Witz schwirrten durch den Raum. Erste Zigarettenqualm-Wölkchen schwebten zum Fenster hinaus.

Nachdem der Ressortleiter aufmerksamkeitsheischend auf den Tisch geklopft hatte, wandten sich ihm alle Blicke zu.

Mit: »Die Lage ist ernst, aber nicht hoffnungslos«, eröffnete er die Runde, wobei ein leichtes Lächeln dafür sorgte, die Ernsthaftigkeit etwas zu mildern.

»Wie ihr wisst, sind die Verkaufszahlen unserer Zeitung ‚Die Tageszeit‘, rückläufig und das seit Längerem. Wir brauchen eine zündende Story, um mit dem entsprechenden Aufmacher die Leser dazu zu bewegen, sich um sie zu reißen. Ich bitte um Vorschläge.«

Der für Kultur zuständige Kollege schlug vor, er könnte noch einmal den großen Brand im Globe-Theater in London bearbeiten und einen Artikel mit Aussagen von Augenzeugen schreiben.

»Das ist zu lange her, nach zwei Wochen interessiert das keinen mehr«, winkte Hausmann ab.

Selbst nachdem sie alle erdenklichen Themen durchgehechelt hatten, fehlte immer noch eine zündende Idee.

Harry hob die Hand, um sich Gehör zu verschaffen. Die Blicke richteten sich erwartungsvoll auf Bentheim.

»Harry, schieß los und mach dem Elend ein Ende«, forderte ihn Hausmann auf.

»Bei meinem gestrigen Treffen drehte es sich wieder einmal um das Thema Doping.«

»Das ist ein alter Hut und kaum für eine reißerische Überschrift geeignet«, stoppte ihn sein Chef.

Harry reagierte gereizt: »Warte einen Moment und lass mich zu Ende erzählen.«

»Entschuldige bitte«, antwortete Hausmann, »wir hören jetzt gespannt zu.«

»Ich denke da nicht an die üblichen Verdächtigungen und unbewiesenen Geschichten. Wenn es gelänge, Proben von dem geheimen Dopingmittel in die Hand zu bekommen und es von unabhängigen Instituten untersuchen zu lassen, dann wäre das eine fette Schlagzeile in unserer Zeitung wert.«

Hausmann darauf: »Wir haben uns schon oft gefragt, wie es sein kann, dass ein kleines Land wie die Deutsche Demokratische Republik bei den Olympischen Spielen von 1980 nach der Sowjetunion den zweiten Platz bei den Medaillen belegen kann. Dass allein nur die modernsten und effektivsten Trainingsmethoden zum Erfolg geführt haben sollen, bezweifeln wir allesamt. Das Schlagwort Doping machte weltweit die Runde. Wir sind überzeugt, dass im DDR-Sport mit unsauberen Mitteln die Siege errungen werden. Wie aber beweisen?

Die Worte des Kollegen Bentheim haben mich soeben dazu bewogen, nicht mit der ursprünglichen Tagesordnung fortzufahren, sondern das Stichwort Doping aufzunehmen. Vielleicht hat jemand eine Idee, auf welchem Weg wir an das Mittel gelangen könnten. Ohne eine Überprüfung des Dopingmittels durch renommierte Institute wäre die Veröffentlichung des Ergebnisses juristisch nicht haltbar. In Hinblick auf die Olympischen Spiele 1984, also im nächsten Jahr in den Vereinigten Staaten, dürfte eine Hintergrundstory zu diesem Thema für unsere Zeitung einen Aufmerksamkeitsgewinn mit entsprechender Auflagensteigerung erbringen.«

Hausmann blickte bei diesen Worten dem ihm gegenübersitzenden Harry Bentheim auffordernd in die Augen. Dieser fühlte sich angesprochen, nahm den ihm anscheinend zugespielten Ball auf und hob die Hand, um zu antworten.

»Nach meinen gestrigen Erkundigungen sind andere Zeitungen dabei, sich dieses Themas anzunehmen. Ich denke, wir müssen umgehend einen Weg finden, die Wahrheit über das Doping in der DDR herauszufinden. Entscheidend wird sein, dass wir die Beweise vor unserer Konkurrenz in die Hände bekommen.«

»Was heißt da wir? Ich bin der Meinung, einen Sachkundigeren als dich haben wir nicht. Ich schlage vor, dass du dich der Sache annimmst«, regte Hausmann an. Ein zustimmendes auf den Tisch Klopfen brachte Harry in Zugzwang.

Bentheim nahm einen Schluck Kaffee, lehnte sich zurück, schaute in die Runde und erwiderte:

»Was ihr mit mir hier macht, ist glatte Erpressung. Andererseits habe ich mich schon früher mit diesem Thema beschäftigt. Gestern traf ich mit Kollegen zusammen, die überlegen, wie sie sich Fakten über das DDR-Doping verschaffen könnten. Es ist höchste Zeit, dass wir Näheres über die Wundermittel herausbekommen. Ich bin einverstanden, der Angelegenheit auf den Grund zu gehen und bin mir bewusst, dass ich damit ein hohes Risiko eingehe.

Gestern habe ich herausgehört, dass es einige investigativ tätige Journalisten versucht hatten, näher an die Dopingquelle vorzudringen. Sie wurden vom DDR-Geheimdienst enttarnt und zwei von ihnen sitzen im Gefängnis. Man weiß nicht einmal genau wo, in Hohenschönhausen, Cottbus oder Bautzen. Die ersten Wochen sollen sie, so hat man herausgefunden, im Zuchthaus Rummelsburg gewesen sein.

Das Thema DDR-Doping öffentlich anzuprangern erfordert absolut wasserdichte Beweise. Man muss mit einem heftigen Dementi vonseiten der DDR rechnen. Politische Konsequenzen, deren Schatten bis nach Bonn reichen könnten, wären nicht auszuschließen. Wenn wir sie zu sehr verärgern, kämen sie vielleicht auf die Idee, sich zum Beispiel mit neuen Schikanen auf den Transitstrecken zu rächen.«

Nach einem Moment des schweigenden Nachdenkens, folgte erneutes Tische-Klopfen.

Hausmann nickte sichtlich zufrieden und fasste zusammen:

»Ich halte für das Protokoll fest, dass Kollege Bentheim sich um das Thema Doping kümmern wird. Sollte sich herausstellen, dass nur mit finanziellen Mitteln ein Erfolg zu erzielen ist, und hier rede ich nicht von Peanuts, so werde ich für die Bereitstellung der Beträge sorgen.«

Die verschobenen Themen der Tagesordnung wurden rasch und ohne Unterbrechung durchgearbeitet. Jeder wusste, was zu tun war.

»Harry, komm bitte nach der Sitzung in mein Büro«, bat Hausmann. »Wir müssen über die Details der Aktion sprechen.«

Die beiden hockten bis in die späten Abendstunden zusammen. Die Aufgabe war so brisant, dass jedes Detail der Aktion sorgfältig bedacht werden musste.

Erste Überlegungen, sich an die Trainer und die Sportärzte heranzumachen, wurden verworfen. Die DDR rechnete stets damit, dass der Westen versuchen würde, sich auf diesem Weg Beweise fürs Doping zu beschaffen. Daher unterlag die Verabreichung der ‚UM', also der ‚Unterstützenden Mittel', wie sie im DDR-Sport hießen, besonders scharfen Kontrollen. Bentheims Idee, sich direkt an das Pharmazeutische Herstellerinstitut zu wenden, klang mehr als verrückt. Doch er meinte, dass hier die Chancen besser stünden. Die Aufsichtsorgane hielten es kaum für denkbar, dass der Klassenfeind gerade diesen, schier aussichtslosen Weg wählen würde. Sie hatten sich Stunde um Stunde in eine

erfolgversprechende Aufbruchsstimmung hinein-
gesteigert. Ein Wermutstropfen fiel dennoch in die
euphorische Stimmung, denn Hausmann wies darauf hin, dass im Falle von Bentheims Enttarnung
kaum Hilfe vom Verlag zu erwarten sei.

»Also genauso wie in den Agententhrillern«,
griente dieser.

-2-

Ein halbes Jahr vorher in Österreich.
Für einen Mann, der sich noch nie auf der Sonnen-
seite des Lebens befand, stellte das Schicksal endlich auch für ihn die Ampel von Rot auf Grün.
Sein Name war Lorenz Steiner.

An einem Wochenende weilte Dr. Maximilian
Pichler, ein Wiener, der den leiblichen Genüssen
überaus zugetan war, mit seiner Frau in einem No-
belrestaurant zum Abendessen. Das Essen mun-
dete dem Ehepaar so vorzüglich, dass Dr. Pichler
dem Küchenmeister seinen Dank persönlich auszu-
drücken gedachte. Er ließ sich den Koch kommen.
Steiner trat an den Tisch und freute sich über das
Lob der beiden. Pichlers Frau hatte mit Wohlwollen

15

den stattlichen jungen Mann betrachtet und fragte nun:

»Haben Sie die Absicht, hier weiterhin zu arbeiten, oder haben Sie schon einmal daran gedacht, Ihr Wissen in anderen Teilen der Welt zu erweitern?« Verblüfft über die so persönliche Frage antwortete Steiner:

»Das kommt darauf an, was mich erwartet. Sicher würde ich gerne meine Kenntnisse erweitern, aber zurzeit erlaubt es mir das Budget nicht, dieser Idee nachzugehen.« Der kleine, dickliche Dr. Pichler hatte aufmerksam zugehört und mischte sich spontan ein:

»Könnten Sie sich vorstellen, die Kochjacke hier an den Nagel zu hängen und für ein besseres Gehalt im Ausland zu arbeiten?«

Steiner daraufhin:

»Wie bitte darf ich das verstehen?« Pichler lächelte und erklärte:

»Na, wenn Sie möchten, könnten Sie für mich als Koch beruflich tätig sein. Außerdem suche ich einen Chauffeur. Für den Fall, dass Sie einen Führerschein haben, wäre das dann Ihre zweite Beschäftigung. Voraussetzung ist, dass Ihr Führungszeugnis einwandfrei ist. Ich trete in der nächsten Zeit

meine neue Stelle im Ausland an.« Steiner stotterte:

»Das kommt etwas plötzlich. Außerdem spreche
ich keine Fremdsprachen.« Da lachte Pichler laut
auf, beugte sich über den Tisch und flüsterte ihm
zu:

»Ist nicht nötig, denn ich bin als Botschafter in
der Deutschen Demokratischen Republik akkredi-
tiert und da wird, soweit ich weiß, immer noch
deutsch gesprochen«, wobei er über seine Wort-
wahl am meisten lachte. Frau Pichler, etwas überrascht vom Vorschlag ihres Mannes, schaute sich
Steiner daraufhin noch einmal genauer an und ihre
Beurteilung fiel ausgesprochen zu seinen Gunsten
aus. Sie war mit der Entscheidung mehr als einverstanden. Ehe Steiner sich von dem Ehepaar verabschiedete, bat er darum, sich das Angebot bis zum
nächsten Tag überlegen zu dürfen.

Dr. Pichler schmunzelte und konnte nachvollzie-
hen, dass Steiner um Bedenkzeit bat.

»Ich verstehe Sie gut, wenn Sie eine Nacht darüber schlafen wollen«, erwiderte er, »aber ich
hoffe auf ein Ja von Ihnen.«

Auf der Rückfahrt beugte er sich zu seiner Frau
und flüsterte:

»Er macht einen erstklassigen Eindruck auf mich und wenn nichts dazwischenkommt, haben wir zwei Fliegen mit einer Klappe geschlagen«, wobei er sich kaum das Lachen verkneifen konnte. »Zwei Fliegen mit einer Klappe, was meinst du damit?«, erkundigte sich seine Frau.

»Na, wer hat schon einen Chauffeur und einen Spitzenkoch in einer Person und dazu für das Gehalt von nur einer Person.« Sie schaute bewundernd zu ihrem Gatten und musste zugeben, dass die Entscheidung für Steiner eine seiner besten war.

Nach dem Dienst saß Steiner in seinem bescheidenen Zimmer in der Mansarde des Restaurants. Er sah sich um, stellte erst jetzt fest, wie klein und ungemütlich seine Bleibe war. Das durchgesessene Sofa und der stets wacklige Tisch standen im krassen Gegensatz zum Renommee der Restauration und zu seinem Können als Koch. War das heute ein Wink des Schicksals? Die Gedanken liefen ungeordnet durcheinander. Er hätte nie gedacht, in seinem Leben so eine Chance geboten zu bekommen. Ein wenig zögerte er, weil er dachte, für die vor ihm liegenden Aufgaben nicht ausreichend ausgebildet zu sein. Andererseits, was sollte schon passieren? Ginge es schief, stände er wieder als Koch am Herd.

Zwei Wochen später, Steiners Papiere und sein Lebenslauf waren staatlicherseits überprüft und abgesegnet worden, trat er den Dienst in Pichlers Villa an. Ausschlaggebend war die ungewöhnlich hohe Bezahlung, die Stelle anzunehmen. In zehn Tagen, so hatte es ihm Dr. Pichler mitgeteilt, flögen sie nach Ostberlin. Steiner war neugierig auf den ostdeutschen Staat, von dem er bereits so viel durch die Medien erfahren hatte.

Er konnte die Chance, die ihm geboten wurde, immer noch nicht ganz fassen, und während er seine Sachen für die Reise packte, flogen seine Gedanken zurück zu seinem Heimatort in der Steiermark. Er bedauerte es fast, dass weder seine Mutter noch die Menschen, die ihm sein Leben schwer gemacht hatten, sehen konnten, wie er endlich Glück hatte.

Lorenz Steiner stammte aus dem kleinen Ort Sankt Margarethen.

Seine Mutter trieb sich mit vielen Männern herum und sein leiblicher Vater war unbekannt. In dem Ort wurde seine Mutter gemieden und von ihm sprachen sie nur vom ‚Bankert', also von einem unehelichen Kind. Schon früh wurde diese Tatsache für den Jungen zur Belastung. In der Schule wollte keiner neben ihm sitzen und wenn die anderen spielten, wurde er rücksichtslos, wie Kinder sein können, davon ausgeschlossen. Die Klassenlehrerin Ruth Katz ließ ihn spüren, dass er minderwertig war, und schikanierte den Jungen. Er wurde einsilbig, aufsässig, schlug sich aus dem kleinsten Anlass mit Mitschülern. Älter geworden, bemühte er sich, ein Mädchen kennenzulernen. Obwohl er gut aussah mit seinen braunen Locken und von stattlicher Figur war, machten sie einen weiten Bogen um ihn. Sie fürchteten sich vor ihm, wenn er sie mit seinen granitgrauen ausdruckslosen Augen anstarrte. Allmählich verstärkte sich seine Wut gegen sie. Die ihm offen gezeigte Verachtung und die häuslichen Probleme ließen seine Abneigung gegen alles Weibliche immer stärker werden. Die Bekanntschaft eines Mädchens aus einem weiter entfernten Ort weckte leise Hoffnung in ihm, doch noch akzeptiert zu werden. Wohlweislich vermied er, dass sie in sein Dorf kam und Näheres über ihn erfuhr. Sie gingen einige Monate miteinander bis zu dem Tag, als sie ihn mit den Worten empfing:

»Warum hast du nicht gesagt, wie es um deine Familie und dich bestellt ist? Mich hat gestern der Pfarrer zur Seite genommen und gefragt, ob ich wüsste, mit wem ich da zusammen bin. Das hat mir die Augen geöffnet. Zu Hause sind wir streng katholisch und er hat meiner Mutter ebenfalls alles berichtet. Den Krach mit den Eltern kannst du dir vorstellen und deshalb werden wir uns nie wiedersehen.« Dann drehte sie sich um und ließ ihn tief enttäuscht auf der Straße stehen.

Die negativen Erlebnisse ließen eine latente Verbitterung gegen Frauen in ihm wachsen.

In der Schule hatte er trotz der Anfeindungen gute bis ausgezeichnete Noten. Er begann eine Lehre als Koch in einem kleinen bekannten Restaurant in Graz. Seine Leistungen waren außergewöhnlich gut und er schloss die Gesellenprüfung mit Auszeichnung ab. Er machte den Führerschein und suchte sich eine neue Stelle in Wien in einer renommierten Restauration. Neben seiner Arbeit betrieb er Kampfsport und absolvierte eine Ausbildung zum Bodyguard.

3

Harry Bentheim machte sich umgehend an die Arbeit.

Abends, wenn er zur Ruhe gekommen war, schüttelte er den Kopf über seine voreilige Zustimmung zu dieser Aufgabe und schimpfte sich einen unverbesserlichen Idioten.

Er ahnte, dass die Herausforderung gefährlich werden könnte und rief seine langjährige Bekannte Eva-Maria Landergott an, um sie nach ihrer Meinung zu fragen.

Anfangs hatte sie gehofft, er würde ihr eines Tages einen Antrag machen, aber dazu kam es leider nie. Beide hatten Jobs, die es verhinderten, über längere Zeit zusammen zu sein. Meist trieb sie sich in Afrika als Reiseführerin eines renommierten Tourismusunternehmens herum, während er in den USA für einen Bericht über die National Basketball Association recherchierte.

Dessen ungeachtet gab es Zeiten, in denen sie ein paar Tage gemeinsam verbrachten. Vielleicht lag es gerade daran, weil sie sich nicht jeden Tag sahen, dass sie diese Zeit besonders genossen.

Eva-Maria hatte ihm vor zwei Monaten von einer Safari geschrieben, auf der sie gemeinsam mit Wildhütern einer Gruppe gut betuchter Amerikaner die ‚Big Five‘, Elefant, Nashorn, Büffel, Löwe und Leopard, zeigen sollte. Dabei war es zu einem Zwischenfall gekommen, als ein schlecht gelauntes Nashorn sich den Jeep der Touristen vornahm und einen Ranger schwer verwundete. Sie selber wurde aus dem Wagen geschleudert und nur leicht verletzt. Zum Glück hatte sich das Tier kurz danach ausgetobt und den Rückzug angetreten, sodass es nicht erschossen werden musste.

Sein Anruf erreichte sie an einem freien Tag im Hotel. Wenn er gehofft hatte, ihren Segen für den riskanten Auftrag zu erhalten, hatte er sich geirrt.

»Du bist von allen guten Geistern verlassen«, rief sie erregt in den Hörer.

»Auch wenn die großen Tiere hier gefährlich werden können, so ist das kein Vergleich zu der Rücksichtslosigkeit von Menschen, mit der du es dann zu tun haben wirst.

Meinen Segen kann ich dir für diese lebensgefährliche Aktion nicht geben. Glaube nicht, dass ich dich, wenn es schiefgeht, in einem der DDR-Gefängnisse besuchen werde.«

Sie hatte sich so in Rage geredet, dass er kaum zu Wort kam. Nachdem sich die erste Erregung gelegt hatte, meinte sie, nun viel ruhiger:

»Ich kenne dich zu genau, als dass ich dir die Sache ausreden könnte. So wünsche ich dir alles Gute und du kannst dich darauf verlassen, dass ich Tag und Nacht die Daumen drücke, dass dir dein Vorhaben gelingen möge.«

»Danke Liebes, dann kann ja nichts mehr schiefgehen«, freute sich Bentheim erleichtert und beendete das Gespräch mit einem in den Hörer gehauchten Kuss.

In Boulevardblättern wurde zwar immer wieder vom Dopingverdacht bei den DDR-Sportlern geschrieben, aber es fehlten stets stichhaltige Beweise für die Behauptungen. Er musste einen anderen Weg einschlagen. Er besorgte sich Fachzeitschriften, holte sich Unterlagen aus der Staatsbibliothek und versuchte, über seine alten Kontakte an Wissenschaftler heranzukommen, die ihm weiterhelfen könnten. Nächtelang durchforstete

Bentheim alle möglichen Quellen. Nichts brachte bisher Ergebnisse. Dann, sein Wohnzimmer glich einer verqualmten Eckkneipe, fand er einen kleinen Aufsatz in einem amerikanischen pharmazeutischen Fachmagazin.

Der Name des Pharmazeuten und Leiters des Institutes war in dem Artikel nur mit Dr. M. angegeben. In dem Bericht stand mit wenig konkreten Worten, dass es einem Dr. M. aus der Deutschen Demokratischen Republik gelungen sei, Arzneimittel zur Steigerung der Leistungsfähigkeit herzustellen. Waren damit die Dopingmittel gemeint? Dass diese Mittel für Sportler vorgesehen waren, konnte man daraus nicht entnehmen. Er fand keinen Hinweis, wo sich das Institut des Mannes befand. In einem anderen Aufsatz, der Name wurde ebenfalls nur mit Doktor M. angegeben, schien er sich dem Standort zu nähern. Auf einem der Fotos im Bericht, der eine Industrieanlage von Weitem abbildete, war klein und kaum leserlich ein Ortsschild zu sehen. Bentheim entzifferte mit der Lupe ‚Bitterfeld'. Deshalb vermutete er das Institut in Sachsen-Anhalt. Das Interview zeigte einen Mann im besten

Alter. Das war der Grund für Bentheim, noch einmal genauer nachzusehen, von wann der Bericht stammte. Er war über zwanzig Jahre alt.

,Bitterfeld', ging es ihm durch den Kopf. Er wusste als Autofahrer auf der Transitstrecke Richtung Hof, wo der Ort lag. Man sah die Stadt nicht, aber der Chemiegeruch stieg jedem Vorbeifahrenden unangenehm in die Nase.

Nach dieser Erkenntnis schwand sein Optimismus ein wenig, dem Doping auf die Spur zu kommen. Wie sollte er dort, ohne aufzufallen, Kontakte zum Institut aufnehmen? Weit unwahrscheinlicher erschien es ihm, dann auch noch eine Gelegenheit zu erhalten, um das Präparat zu entwenden.

Am nächsten Morgen war er geneigt, den Hörer in die Hand zu nehmen, um Hausmann zu beichten, dass er von der Recherche Abstand nähme.

Dann riss er sich zusammen und fuhr in die Staatsbibliothek, um nach weiteren Berichten zu suchen. So saß er im Lesesaal und vertiefte sich in den Papierstapel.

»Jawoll«, rief er plötzlich und laut, dass von den anderen Lesenden ein rügendes Hüsteln zu hören war. In einem erst vor Kurzem erschienenen Artikel aus Frankreich las er, ein Doktor M. aus der Deutschen Demokratischen Republik hätte neue Wege zur Steigerung der Leistungsfähigkeit des Körpers beschritten. In einem Nebensatz fand er den Hinweis auf Adlershof in Berlin.

Glücklich, nicht nach Bitterfeld fahren zu müssen, stand der nächste Schritt für ihn fest.

Sein alter Freund aus den Tagen vor dem Mauerbau arbeitete als Journalist in Ostberlin. Ihm gelänge es sicher, herauszufinden, wer sich hinter der Abkürzung Dr. M. verbarg, überlegte Bentheim.

Jens Willemsen wurde in Berlin-Friedrichshain geboren und ging dort zur Schule. Seine Eltern lebten nur zwei Querstraßen weiter in einem der neuen Plattenbauten. Vor zwei Jahren war Jens nach Berlin-Mitte in einen der wenigen Altbauten, die den Krieg überstanden hatten, umgezogen.

Bei einem Ferienaufenthalt Anfang der Fünfzigerjahre an der Ostsee lernte Bentheim Jens und dessen Frau kennen. Bentheim hatte sich nach Anfangserfolgen in seiner Gewichtsklasse als Boxer keine Gedanken gemacht, womit er nach seiner

Sportlerlaufbahn seine Brötchen zu verdienen gedachte. Jens meinte, Harry könnte doch später als Journalist für die Sportseite einer Zeitung arbeiten.

Der Vorschlag gefiel Bentheim so gut, dass er alsbald diesen Beruf wählte. Seine erfolgversprechende Boxerlaufbahn opferte er für das Journalismus-Studium.

Dann kam der 13. August 1961 und über Nacht zerschnitt die Mauer die Stadt in zwei Teile. Es war zu spät für das Ehepaar Willemsen, nach Westberlin zu entkommen. Seinem Freund blieb nichts anders übrig, als für das Blatt ‚Junge Welt' und später, nachdem er allein aus praktischen Erwägungen in die Partei eingetreten war, für das SED-Zentralorgan ‚Neues Deutschland' zu schreiben.

Bentheim bekam eine Anstellung in Westberlin bei der Zeitung ‚Die Tageszeit'. Sie blieben weiterhin in Verbindung, soweit es die Grenze zuließ.

Harry fuhr hin und wieder nach Ostberlin und rief Jens von einer Telefonzelle an. So hielten sie Kontakt miteinander.

Weil es nicht ausgeschlossen war, dass ein unerwünschtes Ohr dem Gespräch heimlich lauschte oder nicht für den Besucher bei Jens bestimmt war, hatten sie Folgendes vereinbart:

Im Fall, dass Bentheim Jens anrief und er Besuch hatte, der nichts von dem Anruf mitbekommen sollte, meldete sich Bentheim immer zuerst mit den Worten:

»Hallo Bernd. Wollte mich nur mal melden«, worauf Willemsen antworten müsste:

»Wen möchten Sie sprechen? Einen Bernd gibt es hier nicht. Sie haben sich leider verwählt«, und den Hörer mit einem Kopfschütteln auflegen sollte. Das war das Zeichen, sich vorerst nicht noch einmal bei Jens zu melden. Für beide war es ein Glück, dass er ein Telefon hatte, denn private Apparate wurden nur Wenigen genehmigt. Er hatte es nur bekommen, weil er in der Partei und als Journalist tätig war.

Bentheim fuhr mit einem Tagesvisum früh am Morgen nach Ostberlin, suchte sich eine Telefonzelle und rief mit dem vereinbarten Sicherheitssatz bei Jens an. Er wusste, um diese frühe Tageszeit müsste er zu Hause sein. Willemsen begrüßte seinen Freund mit dem Satz:

»Die Luft ist rein, wir können reden, aber wenn es geht nicht zu lange.«

Bentheim erklärte in kurzen Worten, warum er anrief.

Der Freund lachte:

»Entschuldige bitte, aber du hast mehr Glück als Verstand.«

»Wieso?«

»Vor zwei Jahren schrieb ich einen Artikel über das Institut und die Methoden bei der Entwicklung pharmazeutischer Präparate in der DDR. Ich musste sie als besonders sozialistisch fortschrittlich hervorheben.

Doktor Max Mendel platzte fast vor Stolz, als er mir alles lang und breit erklärte. Er ist der Leiter des Institutes. In letzter Zeit ist es um den Betrieb still geworden. In diesen Fällen, so weiß man aus Erfahrung, wird dort an Sachen geforscht, die nicht der Öffentlichkeit zugänglich gemacht werden. Mendel ist immer noch Leiter der kleinen volkseigenen Einrichtung.«

»Ich danke dir herzlich. Machen wir Schluss, ehe die Ohren der Lauscher noch größer werden.«

4

Es war bekannt, dass Dopingmittel nach strenger Kontrolle und gegen Quittung über die sportärztlichen Beratungsstellen und weiter an die Sektionsärzte verteilt wurden. Diese gaben sie mit Namenslisten und Dosieranweisungen persönlich an die Trainer. Auf diesem gesicherten Verteilungsweg gab es keine Chance, an die Präparate heranzukommen.

Bentheim frohlockte. Er meinte, mit dem Hinweis auf das Institut in Adlershof den Anfang des roten Fadens in der Hand zu halten, um sich daran voranzuarbeiten. Nächtelang sann er über das weitere Vorgehen nach. Er selber hatte nicht die geringste Chance, an den Stoff zu kommen. Er musste jemanden finden, der Zutritt zum Labor des Betriebes hatte. Er überdachte wieder und wieder das Problem, ohne einen Schritt weiterzukommen.

Hausmann rief ab und zu an, um sich nach dem Stand seiner Recherchen zu erkundigen.

Genervt fauchte Bentheim: »Lass mir Zeit. Deine ewigen Anrufe bringen mich kein Stück weiter.«

»Sorry«, entschuldigte sich sein Chef. »Aber mir läuft die Zeit davon in Hinblick auf die Spiele im nächsten Jahr. Wir können alles in den Papierkorb werfen, wenn wir die Enthüllung über das Doping nicht rechtzeitig, also vorher, herausbringen.«

»Weiß ich selber«, murrte Bentheim und legte ohne ein weiteres Wort auf.

Über Umwege besorgte er sich Zeitungen aus Ostdeutschland. Er hoffte, beim Studieren der Berichte einen Hinweis zu finden, wie er an das Institut herankommen könnte. Er wusste, nur mit einer Person, die zu den Räumen, wo das Mittel zum Versand bereitlag, oder zum Labor, wo die Herstellung stattfand, Zutritt hatte, bekam er eine Chance, an das Dopingmittel zu gelangen. Bentheim war bewusst, dass der direkte Weg, mit einer dieser Personen Kontakt aufzunehmen, zum Scheitern verurteilt sein musste. Dazu waren diese viel zu vorsichtig. Man hatte sie garantiert gezwungen, eine Schweigeklausel zu unterschreiben. Das Mittel wurde wie ein Staatsgeheimnis gehütet.

Seine Idee mit den Zeitungen zahlte sich aus. Es war mehr ein Zufall, dass er eine Zeitschrift über die Jagd in die Hand bekam. In einem ostdeutschen Journal für Jäger fand er einen Artikel über die sogenannte Diplomatenjagd, die alljährlich stattfand. Mit stolzem Unterton stand darin geschrieben, dass sogar westdeutsche Manager von der Industrie sowie verdiente Mitarbeiter aus sozialistischen Betrieben eingeladen wurden.

Sollte ihn das Glück weiterhin begleiten, nähme der hochverdiente Doktor Mendel ebenfalls an der Jagd teil. Dank ihm sonnte sich die Regierung der DDR im Glanz zahlreicher erster Plätze bei Europameisterschaften und über erstaunlich vieler Olympiasiege.

Der Name elektrisierte Bentheim. Vielleicht ergab sich hier ein weiterer Ansatz, dem Umfeld des Doktors näher zu kommen. Lange sinnierte er darüber, wie er das herausfinden könnte. Das Datum der Jagd stand fest: im November. Sein ehemaliger Kollege und guter Freund Willemsen musste wieder für ihn recherchieren. Dieses Mal wollte er nicht noch einmal anrufen, sondern ihm die Fragen schriftlich zukommen lassen. Bentheim hatte einen westdeutschen Pass und konnte so ohne große Umstände eine Visumerteilung für einen Tag nach Ostberlin beantragen. Das Visum wurde direkt an der Grenzübergangsstelle ausgefertigt.

Am Montag, gegen Mittag, machte er sich auf nach Ostberlin.

Kurz nach Passieren der Grenze, die Straßenlaternen brannten noch und tauchten die Umgebung in eines trübes gelbliches Licht, hatte er den Eindruck, in einer anderen Stadt zu sein. Alles erschien grauer. Plattenbauten ersetzten die früheren stuckverzierten Häuser und keine fröhlichen Farbtupfer durch Reklame lockerten das Grau auf. Der weißliche Abgasqualm der Zweitaktmotoren wehte durch die Häuserschluchten und stach beißend in die Nase. Irgendwie trostlos, dachte Bentheim.

Er schlenderte durch die Straßen, trank im Café Moskau einen Kaffee und stand am frühen Nachmittag vor dem Haus seines Bekannten.

Als er meinte, unbeobachtet zu sein, schlüpfte er in den Hausflur. Dann hastete mit gesenktem Kopf weiter, an den Mülltonnen und der Teppichklopfstange vorbei, durch den Hof ins Hinterhaus. Auf dem kurzen Weg über den Hinterhof hatte er das

Gefühl, als würden ihn neugierige Augen aus den Fenstern folgen.

Harry öffnete die Tür, lauschte, und da alles still blieb, stieg er eilig in die zweite Etage. Er schob einen Umschlag unter der Wohnungstür von Jens durch. In dem Brief war kurz seine Bitte angegeben und vorgeschlagen, wie er erfahren könnte, ob Doktor Mendel an der Jagd teilnähme. Bentheim schrieb, er käme am Freitag wieder, um die Antwort unter der Fußmatte zu finden. Es war etwa fünfzehn Uhr und ihn hielt es nicht länger in der Hauptstadt der DDR.

Insgeheim war ihm nicht wohl in seiner Haut. Las man doch oft genug, wie sich die Menschen gegenseitig bespitzelten. Es reichte, wenn ihn ein misstrauischer Mieter aus dem Haus bemerkt hätte und an eine entsprechende Stelle weitermeldete.

Er war sich dessen bewusst, dass sein zweiter Besuch das Risiko um ein Vielfaches erhöhte, geschnappt zu werden.

Einige Nächte grübelte Bentheim über die Gefahr, entdeckt zu werden. Er beruhigte sich mit dem Gedanken, dass er des Öfteren brenzlige Situationen wie diese heil überstanden hatte. Ganz verließ ihn das ungute Gefühl jedoch nicht.

Freitag.

Bentheim schnappte sich den Reisepass, steckte sich etwas Geld und zwei Packungen Zigaretten ein. Er erhielt das Tagesvisum wie stets direkt an der Grenzübergangsstelle. Aus den Augenwinkeln musterte er die Einzelheiten der Grenzanlage. Er hatte als Journalist schon viele Länder bereist und eine große Zahl an Grenzen passieren müssen. So unwohl wie bei der Kontrolle durch die eigenen Landsleute hatte er sich allerdings noch nirgends gefühlt. Seine Garderobe hatte er, wie beim ersten Mal, möglichst unauffällig gewählt. Trotzdem hätte ihn vermutlich jeder Ostberliner als Westdeutschen erkannt.

Die Linienstraße war zu seinem Glück wie leergefegt, was bei dem Schmuddelwetter nicht verwunderlich war.

Er betrat das Haus und horchte, ob jemand im Treppenhaus war. Nein, es blieb still. Im zweiten Stock angekommen hob er die Fußmatte hoch.

Nichts. Kein Stück Papier lag da, wie vereinbart. Sein Puls schnellte in die Höhe. War er in eine Falle getappt? Im Hausflur vernahm er keinen Laut. Würden sie ihm vor dem Hauseingang auflauern und festnehmen? Er lehnte sich an die Wand neben der Wohnungstür und überlegte einen Moment. Dann raffte er sich auf und drückte sein Ohr an die Tür. Ja, da war ein leises Geräusch. Es hörte sich an wie das Klappern von Besteck. Jetzt war es ihm egal, er klopfte zaghaft. Schlagartig verstummte das Geklapper. Im nächsten Augenblick hatte Bentheim das Gefühl, als ob sich tappende Schritte hinter der Tür näherten. Wenn das Jens war, so würde er gleich durch den Türspion schauen, wer sich vor der Tür befand. Er stellte sich so davor, dass er ihn erkennen konnte. Das funktionierte. Leicht knarrend öffnete sich die Tür und sein Freund stand mit einem Löffel in der Hand vor ihm.

»Was zum Teufel machst du hier um diese Zeit?«, flüsterte Jens und zog ihn in den Flur.

»Warum zum Teufel hast du keine Antwort unter die Matte gelegt, wie vereinbart?«

»So früh habe ich dich nicht erwartet, es ist gerade zehn Uhr. Beim ersten Mal warst du am Nachmittag gekommen. Ich wollte die Antwort nach dem Frühstück unter dem Fußabtreter deponieren. Bist du jemandem im Haus begegnet?«

»Nein, ich habe erst ein wenig gelauscht, ob sich was im Treppenhaus rührt.«

»Wäre nicht so vorteilhaft, von Herrn Müller gesehen zu werden.«

»Wieso?«

»Unser Hausbuchbeauftragter ist ein ganz Scharfer. Der wittert überall heimliche Zusammenkünfte, auch wenn der Gast nur für kurze Zeit zu Besuch ist. Wie ich dir erzählt habe, wird in jedem Haus ein Mieter dazu auserkoren, ein Hausbuch zu führen, in dem Besucher, die länger als vierundzwanzig Stunden bei den Familien bleiben, eingetragen werden müssen.

Wenn du schon da bist, erzähle ich dir alles, was ich herausgefunden habe. Komm bitte in die Küche und setz dich erst einmal.«

»Schieß los, bin sehr gespannt.«

»Warte einen Moment, ich brühe uns vorher eine Tasse echten DDR-Kaffee der Marke Mona auf.«

Bentheim schaute zu, wie Jens nach althergebrachter Weise einen Kessel mit Wasser aufstellte, die Kanne mit einem Filteraufsatz versah, den Papierfilter hineinlegte, den gemahlenen Kaffee abmaß und hineingab. Zu seinem Erstaunen streute er noch eine Prise Salz auf den Kaffee, ehe er das kochende Wasser aufgoss.

»Wozu streust du Salz in den Kaffee?«

»Das ist ein alter Trick meiner Oma«, erklärte Jens. »Sie behauptete, dadurch käme das Aroma besser zur Geltung. Da Oma vieles wusste, habe ich es einfach nachgemacht und glaube, dass sie recht hatte. Das hatte sogar meine geschiedene Frau übernommen.

Vielleicht verbessert das Salz die Wasserqualität.«

Beide nahmen einen kleinen Schluck, dann berichtete Jens, was er herausgefunden hatte.

»Wie du weißt, bin ich in die SED eingetreten, um weiter meinem Beruf als Journalist nachgehen zu können. Ohne die Parteizugehörigkeit hätte ich höchstens über den Fortschritt in der Karnickelzucht berichten dürfen. So aber hatte ich keine Probleme, die Genehmigung für einen Artikel über die Diplomatenjagd zu bekommen.

Ich hatte Glück, dass ich diesen Beitrag schreiben darf. Ein anderer Kollege von der Zeitung hatte bereits vor mir den Auftrag erhalten, liegt aber zurzeit mit einer schweren Grippe im Bett. Von der Stelle, der die Vorbereitung oblag, genehmigte man mir den Einblick in die Liste der eingeladenen Gäste. Ich durfte sie weder kopieren noch gewisse Personen in meinem Artikel erwähnen. Da sie übersichtlich aufgebaut war, fand ich beim Durchlesen den Namen Doktor Mendel. Fragen zu ihm stellte ich nicht, um kein Misstrauen zu erwecken.

Ich hoffe, dir damit ein Stück weitergeholfen zu haben. Einen Kontakt zu Mendel aufzubauen, wird nicht einfach werden, aber wie ich dich kenne, hast du bereits eine Idee.«

»Ja, habe ich. Fragt sich nur, ob meine Strategie aufgeht. Ich beabsichtige über den Fahrer, so er einen hat, weiterzukommen. Dazu muss ich mir jemanden suchen, der erstens bei dem Jagdtreffen dabei und zweitens zuverlässig ist, dem Chauffeur eine Botschaft zuzustecken.«

Sie tranken Kaffee und unvermittelt fragte Willemsen:

»Warum willst du den Kontakt so umständlich über einen Unbekannten herstellen? Ich könnte doch genauso gut dem Fahrer vom Mendel eine Nachricht übergeben.«

Bentheim hatte sichtlich erschrocken zugehört und wehrte die Idee fast grob ab:

»Danke für den wohlgemeinten Vorschlag, aber das Risiko für dich, in die Sache verwickelt zu werden, ist es nicht wert, unsere Freundschaft zu riskieren. Außerdem möchte ich dich nicht in einer Zelle in Hohenschönhausen wiederfinden.«

»Da hast du wiederum recht, war nur so ein spontaner Gedanke. Werde ich erfahren, ob deine Aktion von Erfolg gekrönt sein wird?«

»Wenn ich den Beweis für das Doping erbringe, wird der Knall der Enthüllung unüberhörbar sein«, meinte Bentheim und grinste. »Ich denke, es wird Zeit, wieder in die westlichen Gefilde zurückzukehren.«

Die zweite Packung Marlboro hatte er als Dank neben seine Tasse Kaffee gelegt, was Willemsen mit einem Lächeln zur Kenntnis nahm.

Er begleitete seinen Freund zur Tür, öffnete sie einen Spalt, lauschte und flüsterte ein:

»Na dann bis zum nächsten Mal und viel Erfolg.«

Die Tür schloss sich hinter Bentheim, der leise die Treppen hinuntertappte und das Haus verließ.

Auf dem Rückweg zum Grenzübergang machte er einen Umweg, um sich den Palast der Republik in Ruhe anzusehen. Seine Absicht, hineinzugehen, verwarf er. Er war viel zu aufgeregt. Sein erster Schritt, in seinem Plan weitergekommen zu sein, veranlasste ihn fast zu einem Luftsprung. Nach der stets vorhandenen Anspannung beim Passieren der Kontrollstelle, nahm er sich aufatmend eine Taxe, ließ sie kurz vor einem Supermarkt halten und sich dann nach Hause fahren.

Er hatte das Gefühl, sich belohnen zu müssen. Ohne einen Happen zu essen, mixte er sich einen Cuba Libre.

Nicht wie das Originalrezept mit Limette, Rohrzucker und Eis, sondern seine vereinfachte Version, nur Rum und Cola. Nach dem zweiten Glas gewann der Rum die Oberhand gegenüber der Cola und zog ihn von den Beinen. Auf dem Sofa schlief er bis in den späten Abend.

Er wachte auf, sah auf die Uhr. Zeit, um etwas essen zu gehen, meldete sein Magen. In seiner Lieblingspizzeria bestellte er sich eine Pizza – Hawaii – und ein Glas leichten Rotwein.

Ein Spaziergang an der frischen Abendluft ließ seinen Kopf wieder frei denken.

Auf seinem Weg kam er an dem Boxverein vorbei, in dem er einst trainierte. Er sah Licht in den Fenstern, überlegte einen Moment und entschloss sich, hineinzugehen. Kaum hatte er die Tür geöffnet, schlug ihm der vertraute Geruch aus der Trainingshalle entgegen, ein Gemisch aus Schweiß, Leder und Reinigungsmitteln. Seine Augen hatten sich noch nicht an das Dämmerlicht gewöhnt, als eine Stimme ihn mit den Worten begrüßte:

»Harry, hast du dich verlaufen? Mann, wie lange haben wir uns nicht gesehen. Wie geht es dir und was macht der Job?«

Bentheim erkannte seinen alten Trainer Benno Kalisch sofort an der Stimme. Aus dem Halbdunkel kam Benno auf ihn zu. Sie schüttelten sich die Hände und Bentheim meinte:

»Langsam, langsam, das sind zu viele Fragen auf einmal. Lass uns erst einmal in die Halle gehen, um den Ring zu sehen.«

Im Ring tasteten sich zwei Sparringspartner ab. Beide trugen Kopfschutz.

»Na, reizt es dich nicht, ein paar Runden mit einem meiner Nachwuchstalente zu wagen?«, fragte Kalisch und schaute im selben Augenblick auf Bentheims leicht außer Form geratene Figur, grinste und meinte:

»Entschuldige, dir fehlen einige Aufbaustunden, sonst bist du nur Fallobst für den Gegner.«

Sein ehemaliger Schüler war nicht eingeschnappt, sondern erwiderte lachend:

»Womit du recht hast. Pizzen und Cuba Libre sind kaum förderlich für die Kondition. Jetzt, wo du mich so direkt auf meinen wenig sportlichen Zustand hinweist, wird es Zeit, etwas dagegen zu unternehmen. Vielleicht raffe ich mich auf und gehe jeden Morgen joggen und später, wenn ich fitter bin, komme ich zu dir und werde mich am Sandsack und an der Birne abarbeiten.«

»Mach das. Ich freue mich, wenn du dann bei mir auf der Matte stehst und um eine Trainingsrunde im Ring nachfragst.«

Bentheim verabschiedete sich und meinte in der Tür stehend:

»Versprochen. Ich werde kommen!«

Beschwingter als zuvor begab er sich auf den Heimweg.

Zu Hause nahm er sich vor, morgen die nächsten Schritte zu planen.

-5-

Gut, er wusste, Dr. Mendel nähme an der Jagd teil. Alles Weitere hing davon ab, ob er einen Fahrer hatte oder alleine mit dem Wagen käme. Der Plan sah vor, diesen in das Spiel einzubauen.

Bentheim musste pokern. Zuerst galt es, einen zuverlässigen Mann zu finden, der für Geld die ihm zugedachte Aufgabe übernähme. Der sollte Kontakt zum Chauffeur des Dr. Mendel aufnehmen. Hätte Mendel keinen Fahrer und führe selbst, würde der ganze Plan scheitern.

Jemanden aus Ostberlin zu finden, der die Verbindung zum Fahrer des Wissenschaftlers aufbauen sollte, konnte er vergessen. Die Gefahr, an den Falschen zu geraten und verraten zu werden, war einfach zu groß. Es müsste eine Person aus dem Westen sein. Die westdeutschen Industriebosse, die zur Jagd eingeladen waren, kamen erst kurz vorher nach Berlin, sodass keine Zeit blieb, um Kontakt aufzubauen.

Wer aus dem Westen nähme sonst noch an der Diplomatenjagd teil? In der Teilnehmerliste, so glaubte sein Freund Willemsen, Namen von Botschaftern aus verschiedenen Staaten gelesen zu haben. Die Ständige Vertretung der Bundesrepublik kam nicht infrage, aber der österreichische Botschafter stand auf dem Papier und der residierte in Ostberlin.

Das hatte er Bentheim, auf dessen Nachfrage, wer aus den westlichen Ländern teilnähme, bei seinem Besuch berichtet. Hier hoffte er anzusetzen. Der unübersehbare Vorteil lag darin, dass ein Diplomat und damit auch sein Fahrer ohne Probleme von Ostberlin nach Westberlin fahren konnten.

Wieder war ein Tagesvisum der Schlüssel, um auf der Ostberliner Seite tätig zu werden. Von einer Telefonzelle rief er in der Botschaft an, stellte sich als Journalist der Westberliner Zeitung ‚Die Tageszeit' vor und erkundigte sich, ob es möglich wäre, am Nachmittag vorbeizukommen, es ginge um einen Bericht über die Diplomatenjagd. Man bat um Rückruf in einer Stunde. Seiner Bitte um ein Interview wurde stattgegeben.

Dr. Pichler war einverstanden, zumal es sich um ein Westberliner Blatt handelte.

Bentheim durfte um sechzehn Uhr vorbeikommen und sich Notizen über den Botschafter und die Diplomatenjagd für den Artikel aufschreiben.

Er wurde in den Salon geführt. Eine Tür öffnete sich und ein kleiner, wohlbeleibter älterer Herr betrat den Raum.

»Herr Bentheim, gehe ich recht?«, fragte er.

»Ja, danke, dass ich kommen durfte.«

Kurz danach erschien eine attraktive Blondine.

Doktor Pichler stellte Bentheim seiner Frau vor. Sie reichte ihm die Hand und er deutete einen Handkuss an.

»Charmant«, hauchte sie leise und schaute ihm dabei tief in die Augen. Bentheim dachte, wie kommt der kleine Dicke zu so einer reizenden Frau?

Er hörte den Botschafter:

»Wie kann ich Ihnen weiterhelfen?«

»Herr Doktor Pichler, sind Sie Jäger?«

Der lachte erheitert:

»Nein, weiß Gott nicht. Ich könnte keinem Tier etwas antun. Die Einladung ist eine Ehre für mich und meine Frau. Wir nehmen sie dankend an. Ich verhehle nicht, dass das anschließende Schüsseltreiben mit Wildfleisch meine Neugier weckt. Es ist das erste Mal, dass wir teilnehmen, und deshalb schlage ich vor, dass Sie noch einmal nach der Jagd vorbeikommen. Da kann ich Ihnen sicher mehr darüber erzählen.«

Nachdem er den Botschafter und seiner Frau weitere Fragen gestellt hatte, bedankte er sich und versprach, nach der Jagd wiederzukommen, um den Artikel zu Ende zu schreiben.

Bentheim kam die Idee, sich des Fahrers vom Botschafter zu bedienen, sozusagen über Nacht. Das war im Moment der einzig erfolgversprechende Weg, um an den Fahrer von Dr. Mendel heranzukommen.

Im Hof traf er den Mann. Vorher hatte er darum gebeten, auch mit ihm sprechen zu dürfen.

»Guten Tag Herr Steiner. Mein Name ist Bentheim und ich schreibe einen Artikel über die Diplomatenjagd. Herr Doktor Pichler war so freundlich, mir Ihren Namen zu nennen.«

Steiner legte den Putzlappen, mit dem er dabei war, den Staub vom Wagen zu wischen, aus der Hand und sah den Besucher prüfend an.

»Sie wollen über die Jagd berichten?«, erkundigte er sich. »Da kann ich Ihnen leider nicht weiterhelfen, weil ich vorher noch nie dabei war. Das heißt, ich werde nicht direkt teilnehmen, sondern die Herrschaften lediglich fahren.«

Steiner war ein vorsichtiger Typ und neugierigen Menschen wie Journalisten brachte er ein gehöriges Maß an Misstrauen entgegen. Bentheim ging behutsam vor und deutete nur an, dass er mehr über die Vorbereitungen zur Diplomatenjagd für den Artikel erfahren möchte. Er schaute plötzlich auf die Uhr und stellte fest:

»Oh, ich habe vergessen, dass ich noch einen wichtigen Termin in der Redaktion habe. Tut mir leid, Herr Steiner, ich muss mich jetzt verabschieden. Ein paar Fragen sind noch offen. Wäre es Ihnen möglich, morgen um fünfzehn Uhr ins Café Möhring am Kurfürstendamm zu kommen?« Nach kurzem Zögern war Steiner einverstanden und versprach zu kommen.

Innerlich vollführte Bentheim einen Freudentanz. Es lag jetzt an ihm, dem Mann die Sache so zu erklären, dass er nicht absprang. Er ahnte, dass es schwierig werden könnte.

Er hoffte aber, dass er mit einer größeren Geldsumme den eventuellen Widerstand brechen könnte. Dass sich hinter der Aktion das brisante

Thema des Dopingmittels verbarg, verschwieg er natürlich.

Am nächsten Tag, Bentheim war voller Ungeduld eine halbe Stunde früher im Café, kam auch Steiner etwas eher. Sie begrüßten sich und suchten sich einen Tisch in einer hinteren Ecke.

Bentheim betrieb zuerst allgemeine unverfängliche Konversation, ehe er auf sein Anliegen zu sprechen kam.

»Herr Steiner, da meine Angelegenheit ein hohes Maß an Vertraulichkeit voraussetzt, bitte ich Sie, nichts von dem, was wir besprechen, weiterzugeben.«

»Das kann ich Ihnen erst zusichern, wenn ich weiß, worum es sich handelt«, erwiderte dieser zurückhaltend.

»In Ordnung, ich werde Ihnen einen Teil erzählen und Sie dann fragen, ob Sie bereit sind, die Sache diskret zu behandeln. Lehnen Sie ab, hat dieses Gespräch nie stattgefunden.«

Steiner überlegte kurz und meinte:

»Fangen Sie an. Sollte mir das, was Sie mir berichten, nicht zusagen, werde ich Sie sofort unterbrechen und gehen.«

»Einverstanden. An der Diplomatenjagd wird ein Doktor Mendel teilnehmen. Er ist der Leiter eines kleinen Chemiebetriebes hier in Ostberlin. In kurzen Worten, ich bitte Sie nur darum, dem Fahrer von Doktor Mendel eine Nachricht zukommen zu lassen. Es handelt sich um medizinische Forschung, an der der Westen interessiert ist. Über den Fahrer hoffen wir, näher an die Forschungsergebnisse heranzukommen. Ich muss vorausschicken, dass alles, was ich vorhabe, nur funktioniert, wenn Dr. Mendel einen Fahrer hat und nicht selber fährt. Sollte Letzteres der Fall sein, ist Ihr Auftrag hinfällig. Für Ihre Mühe werde ich mich trotzdem erkenntlich zeigen.«

Bentheim blickte Steiner gespannt an, der ohne äußerliche Regung zugehört hatte, und fuhr fort:

»Ehe ich es vergesse, wenn die Kontaktaufnahme mit dem Fahrer klappt, werden wir uns noch einmal treffen und ich werde Ihnen Ihren Dienst entsprechend höher vergüten.«

Sein Gegenüber schwieg, nippte an seinem Kaffee und erwiderte bedächtig:

»Wenn das meine ganze Aufgabe sein soll, so bin ich einverstanden, den Kontakt herzustellen. Mir wäre es schon recht, wenn ich wüsste, um welche Summe es sich für mich handelt.«

Bentheim nannte einen beträchtlichen Betrag und sein Gegenüber nickte zufrieden.

Er übergab Steiner einen verschlossenen Umschlag, in dem ein Zettel mit der Angabe von Ort, Datum und Zeitpunkt des Treffens für den Fahrer von Doktor Mendel lag. Außerdem befanden sich Geldscheine darin. Steiner steckte ihn in die Jacke. Das Datum für das Treffen war auf vierzehn Tage nach der Diplomatenjagd festgelegt. Damit der Fahrer einen Anreiz für die Zusammenkunft bekam, sollte Steiner ihm eine größere Summe Geld versprechen, die er von Bentheim erhalten würde. Der Grund für das Treffen, so sollte er es dem Fahrer erklären, wäre ein Bericht über die Treibjagd, an dem er als westdeutscher Journalist leider nicht teilnehmen darf. Das angebliche Interesse an den Forschungsergebnissen bat Bentheim, dem Fahrer zu verschweigen.

Steiner nickte zustimmend, stand auf und verabschiedete sich. Bentheim trank den Rest Kaffee aus und ging ein paar Minuten später.

Der Treffpunkt sollte die Autobahnraststätte Michendorf sein. Die Raststätte hatte sich zum Treffpunkt für Ost- und Westdeutsche, beziehungsweise für Ost- und Westberliner gemausert. Sehr zum Unwillen der DDR. Aus diesem Grund war das Personal von Spitzeln des Ministeriums für Staatssicherheit durchsetzt.

Sobald es Steiner gelang, mit dem Fahrer zu sprechen und ihn davon zu überzeugen, sich mit dem Journalisten zu treffen, rief er Bentheim sofort an.

-6-

Der Tag für die Diplomatenjagd brach an. Ein grauer Novembertag empfing die Gäste, die sich, müde wegen der so frühen Uhrzeit, mit ihren Wagen durch den knöchelhohen Schnee, der über Nacht gefallen war, in die Schorfheide begaben. Zum Missfallen der Teilnehmer schneite es sachte, aber pausenlos weiter.

In der Kolonne chauffierte Günter Baumann seinen Chef, Doktor Mendel, zum Treffpunkt. Unterwegs hatte es, wie fast immer bei den Fahrten, kritische Bemerkungen zur Fahrweise Baumanns gegeben.

»Baumann, fahren Sie nicht so schnell, sehen Sie denn nicht, dass Schnee liegt und es glatt ist. Warum halten Sie so einen großen Abstand zum Vordermann? Wir sollten ihn nicht aus den Augen verlieren, denn er hat sich erboten, uns auf dem kürzesten Wege zum Treffpunkt zu lotsen.« Mal fuhr Baumann, nach Meinung Mendels, zu langsam, mal zu schnell oder schien die Verkehrszeichen nicht genügend zu beachten. Baumann ärgerte das besonders, weil Mendel selber keinen Führerschein besaß. Der Doktor, ein kleiner, fast mager zu nennender grauhaariger Mittfünfziger, der mit seiner faltigen Gesichtshaut, dem zuckenden Augenlid und den fahrigen Bewegungen weitaus älter aussah, strapazierte seine Nerven, seit er ihn durch die Gegend kutschierte. Mendel stand seit Jahren unter Erfolgszwang. Seine Gesundheit war durch die permanenten Nachfragen nach neuen ‚UM‘, also von ‚unterstützenden Mitteln‘, der sich ebenfalls unter Leistungsdruck gesetzten Sportmediziner mehr als angegriffen. Das bekamen seine Mitarbeiter im Institut täglich zu spüren.

Sein Beliebtheitsgrad lag entsprechend bei null.

Die Anfahrt führte durch dichten Wald, meist Kiefern, die, wäre es um diese Zeit bereits hell, mit ihrer Schneelast einen malerischen Anblick böten.

So jedoch richteten sich alle Augen auf die Straße und auf das Schneegestöber, das im Scheinwerferlicht tanzte. Die Scheibenwischer hatten Mühe, für ausreichende Sicht zu sorgen.

Endlich tauchten Lichter vor ihnen auf. Sie hatten das Ziel erreicht.

Steiner hatte den Botschafter und seine Gattin recht früh hergefahren. Er wollte sicher sein, die Fahrer aller Wagen mit ihren Teilnehmern zu treffen.

Er stand frierend im Schnee und achtete besonders auf die Kennzeichen der Wagen, die aus Ostberlin kamen. Die waren durch die Anfangsbuchstaben IA, IB usw. zu erkennen. Einige Gäste, die von weiter anreisten, wurden vorher in Berlin in Hotels untergebracht und heute mit Autos der Regierung zur Jagd gefahren. Sobald ein neuer Gast angekommen war, wurde er laut und mit seinem Namen willkommen geheißen, wobei ein Mitarbeiter des Jagdkomitees fast unbemerkt den Namen des Ankommenden in einer Liste suchte und abhakte. Das war Steiners Chance, den Namen von

Mendel mitzubekommen. So unauffällig wie möglich postierte er sich in der Nähe der Stelle, wo die Gäste begrüßt wurden. Es schneite heftig weiter und die Ehrengäste beeilten sich, in das hell erleuchtete Jagdhaus Hubertusstock zu kommen. Das Jagdschloss war früher die offizielle Jagdresidenz des deutschen Staatsoberhauptes während des deutschen Kaiserreiches.

Nun residierte hier der Staatsratsvorsitzende.

Jens Willemsen kam etwas später und parkte den nagelneuen Trabant auf einem der reservierten Parkplätze.

Einer der Männer, die die Gäste empfingen, kam auf ihn zu und fragte nach seiner Einladung.

Willemsen nannte seinen Namen und meinte, dass er in der Einladungsliste stünde.

Der Fragende schaute in seine Unterlagen und bemerkte mit einem hörbar misstrauischen Unterton:

»Ich finde Ihren Namen nicht auf der Gästeliste. Hier ist ein Herr Kerkow eingetragen. Ich kenne ihn persönlich, da er jedes Jahr den Bericht über die Jagd verfasst.«

Willemsen war ungehalten und erwiderte mit deutlichem Vorwurf in der Stimme:

»Mein Kollege Kerkow liegt mit Grippe im Bett. Ich vertrete ihn heute. Es ist nicht mein Verschulden, dass die Unterlagen nicht korrigiert wurden. Warten Sie bitte einen Augenblick.«

Er knöpfte den Mantel auf und kramte umständlich mit inzwischen klammen Fingern ein Schriftstück aus der Jacke und übergab es ihm.

»Hier ist die Erlaubnis.«

Der Kontrolleur schaute bewusst lange und prüfend auf das Papier, ehe er knapp bestätigte:

»Dann ist ja alles in Ordnung«, und es an Willemsen zurückgab.

Der steckte es wortlos ein und beeilte sich, in die warme Unterkunft zu kommen.

Bei jedem Wagen mit Ostberliner Kennzeichen spannten sich Steiners Nerven an.

Nachdem er die Eingangskontrolle passiert hatte, steuerte Baumann den in die Jahre gekommenen Wartburg auf einen der vorgesehenen Parkplätze.

Dr. Mendel stieg eilig aus, nickte kurz, als er begrüßt wurde, und verschwand im Jagdhaus Hubertusstock. Steiner hatte den Namen mitbekommen, zumal einer der Herren den Doktor bereits mit:

»Hallo Max, schön, dass du wieder einmal kommst«, begrüßt hatte. Für die Fahrer gab es ein separates Gebäude, wo sie sich aufhalten konnten und später verpflegt wurden. Mendels Fahrer stand einige Minuten am Wagen, ehe er durch den Schnee in Richtung der anderen stapfte. Jetzt hieß es, Kontakt mit ihm aufzunehmen.

Steiner schlenderte hinter ihm her und wartete auf eine Gelegenheit, ihn anzusprechen. Die Fahrer versammelten sich im Nebengebäude, einige kannten sich und begrüßten einander.

Baumann schaute kurz zu den Kollegen hinüber, hatte aber keine große Lust, sich mit ihnen zu unterhalten. Nachdem er den Schnee vom Mantel abgeklopft hatte, stand er im Vorraum des Hauses in der Nähe der Tür und kramte in den Taschen nach Zigaretten. Als er sie herauszog und sich eine ansteckte, trat Steiner näher, zog eine Zigarette der Marke Camel aus der Packung und bat ihn um Feuer. Baumann stutzte, sah auf die Camel-Packung und brannte Steiners Zigarette an.

»Wie lange wird die Jagd dauern?«, fragte Steiner.

»Sie sind wohl zum ersten Mal hier?«, lächelte Baumann.

»Ja, und ich bin gespannt, wie so etwas abläuft.«

»Und wen darfst du durch die Gegend kutschieren?«, erkundigte sich Baumann, und benutzte jetzt das Du wie selbstverständlich.

»Einen netten älteren Herrn aus Österreich«, grinste Steiner.

»Ach, das warst du mit dem dicken Daimler.«

»Ja, und wen darfst du herumfahren?«

»Meinen nervösen Chef.«

»Ist der auch so 'n hohes Tier?«

»Wie man's nimmt. Er ist ein verdienter Wissenschaftler und hat deshalb die Einladung erhalten, obwohl er sich aus der Jagd absolut nichts macht.«

Sie sprachen eine Weile miteinander und Baumann erklärte, soweit er es wusste, wie die Jagd abliefe. Zur Abwechslung bot Steiner seinem Fahrerkollegen eine Camel an.

»Schmeckt schon ein wenig anders«, lächelte Baumann.

Sie unterhielten sich weiter, bis Steiner den Zeitpunkt für gekommen sah, den nächsten Schritt zu unternehmen. Er hätte da eine Bitte, wüsste aber nicht, ob er sie äußern sollte.

So druckste er ein wenig herum, bis Baumann fragte, was er auf dem Herzen hätte.

»Ja, das ist so eine Sache. Vor einiger Zeit kam ein Journalist in unsere Botschaft und vereinbarte mit dem Botschafter, einen Bericht über die Diplomatenjagd schreiben zu dürfen. Ich sollte, so wurde mir vom Botschafter persönlich aufgetragen, mir alles hier genau anschauen, um es dann dem Pressemann zu erzählen. Doktor Pichler, so heißt der Botschafter, würde sich meine Notizen durchlesen und mit seinen Eindrücken von der Jagd ergänzen. Ich bin jedoch zum ersten Mal da und habe weder Ahnung, was die Jagd betrifft, noch wie das alles hier ablaufen wird. Das befürchtete auch der Journalist, als ich ihn darauf hinwies. Er meinte, ob ich vielleicht einen anderen Gast dafür gewinnen könnte, ihm über die Treibjagd zu berichten. Da ich hier niemanden außer dir bisher kenne, frage ich in aller Bescheidenheit, ob du ihm helfen könntest.« Hier musste sich Steiner alle Mühe geben, sich auf das ungewohnte Du einzulassen.

»Der Zeitungsmann ließ durchblicken, dass er gut für die Auskunft bezahlen würde.«

Bevor er sich die Bitte von ihm anhörte, fragte Baumann vorsichtig:

»Warum ist der Journalist denn nicht selber gekommen?«

Auf diese Frage hatte sich Steiner mit Bentheim vorbereitet und antwortete leichthin:

»Er hat seine Akkreditierung, als Journalist in der DDR arbeiten zu können, zu spät beantragt, und konnte deshalb nicht dabei sein.«

Baumann genügte die Erklärung.

So, die Frage war ausgesprochen. Wie würde Baumann darauf reagieren?

Inzwischen hatte es aufgehört zu schneien. Eine kalte Brise vertrieb die letzten dunklen Schneewolken und durch einige Lücken in den Wolken fielen die ersten Sonnenstrahlen. Es sah aus, als ob es noch ein strahlend schöner Wintertag werden würde.

Ehe Baumann die Frage beantwortete, nickte er mit dem Kopf in Richtung einiger Männer, die unauffällig, aber dadurch besonders auffällig auf dem Gelände verteilt herumstanden oder -liefen. Das

Ministerium für Staatssicherheit hatte Vorsorge getroffen, damit es alles unter Kontrolle hatte.

»Es ist besser, etwas Abstand zu ihnen zu halten«, bemerkte Baumann und sie schlenderten zum Mercedes der Botschaft.

»Meinst du, die sind von eurer Staatssicherheit?«, erkundigte sich Steiner, den Naiven spielend.

»Du würdest sie vielleicht nicht erkennen, aber wir hier erkennen sie bereits von Weitem«, antwortete Baumann leise.

So, als ob er sich ausschließlich für das westliche Luxusgefährt interessierte, ließ er sich den Innenraum und den Motorraum zeigen. Damit hatten sie ausreichend Zeit und Gelegenheit über Steiners, beziehungsweise über die Bitte des Journalisten, zu reden.

Dabei steckte Steiner dem Fahrer ein von Bentheim vorbereitetes Kuvert mit dem Zettel zu, auf dem der Treffpunkt und die Zeit vermerkt waren. Zwei Hundert- und fünf Zehnmarkscheine wechselten ebenfalls den Besitzer. Sie hatten ein wenig zu lange geplaudert, denn einer der ‚Unauffälligen' näherte sich und tat, als wäre er auch von der Technik des Mercedes 280 SE fasziniert.

Baumann bedankte sich herzlich, dass er sich das Auto ansehen durfte und trollte sich. Der hinzugekommene Aufpasser verabschiedete sich daraufhin ebenfalls und kehrte zu seinen Kollegen zurück. Nachdem sich der Spitzel etwas entfernt hatte, konnte Baumann seine Neugier nicht mehr zügeln und kroch in seinen Wartburg. Ohne die Innenbeleuchtung anzumachen, las er mühsam im Dämmerlicht, das durch die zugeschneiten Autoscheiben fiel, den Text. Das Geld verschwand blitzschnell in seiner Jacke. Das Treffen an der Autobahn im Rasthaus Michendorf fand er einerseits riskant, weil er wusste, dort werden die Gäste überwacht, andererseits war dort immer sehr viel Betrieb, sodass der Kontakt hoffentlich nicht auffiele. Ausschlaggebend dafür, dass er den Zeitungsmann träfe, war das von Steiner mehrfach erwähnte Geld für seine Auskünfte.

Am Abend schrieb der Agent in seinen Spitzelbericht, dass sich der Fahrer Baumann von Dr. Mendel mit dem Fahrer Steiner von der österreichischen Botschaft lange und intensiv, wie es schien, unterhalten hatte. Ein Kollege von ihm hatte sogar heimlich ein Foto von Baumann mit Steiner geschossen.

Steiner betrat das Gebäude für die Fahrer und setzte sich an einen leeren Tisch. Jetzt lag eine lange Wartezeit vor ihnen. So gut es ging, vertrieben sich die Fahrer die Zeit mit Rauchen und Plaudern bei Kaffee und Tee. Die Unterhaltungen drehten sich hauptsächlich um die Herrschaften, die sie durch die Gegend kutschierten. Als man Steiner fragte, ob er bei einer Runde Skat mitspielen möchte, lehnte er dankend ab, was missbilligend zur Kenntnis genommen wurde.

Er stand auf und zapfte sich von einem Thermobehälter einen Kaffee. Die Tasse mit beiden Händen haltend, um sich zu wärmen, steuerte er auf das Fenster zu und schaute mit wenig Mitgefühl auf die frierenden Bewacher, wie er die Stasimitarbeiter nannte. Sie trampelten mit den Stiefeln und schlugen die Arme um den Körper, um sich warm zu halten. Er grinste.

Plötzlich liefen sie zusammen. Aus der Ansammlung löste sich ein Mann und kam mit eiligen Schritten auf die Fahrerunterkunft zu. Er betrat den Raum, sah sich kurz um und kam schnurstracks auf ihn zu. Jetzt bemerkte Steiner, es war der Bewacher, der sich mit ihm den Daimler angesehen hatte. Ein flaues Gefühl breitete sich in seinem Magen aus und sein Puls schnellte in die Höhe. Ohne Einleitung vernahm er:

»Kommen Sie bitte mit.«

Er stellte die Tasse so hastig auf die Fensterbank, dass der Kaffee überschwappte und heiß über seine Finger floss. Er fluchte. Ehe er sich aufraffen konnte, um zu fragen, warum er mitkommen sollte, hörte er:

»Beeilen Sie sich gefälligst.« Was für ein rüder Ton, dachte Steiner. Das bedeutete, dass Baumann ihn verraten hatte. Er schüttelte den Kopf und verstand nicht, wie er sich so täuschen konnte. Baumann hatte vorher nicht den geringsten Zweifel aufkommen lassen, die Nachricht weiterzugeben. Würde er sogleich vor aller Augen verhaftet?

Mit weichen Knien stolperte er hinter dem Mann ins Freie.

Während des Laufens drehte sich der Bewacher um und rief Steiner zu: »Sehen Sie zu, dass Ihr Wagen schnellstens woanders geparkt wird. Sie stehen auf einem der reservierten Parkplätze unserer

Staatsführung. Der Kollege da hinten wird Sie einweisen.«

Der rasende Puls brauchte einige Zeit, um sich zu beruhigen.

Erst jetzt sah Steiner, dass die Parkflächen mit Schildern versehen waren. Vom Schnee zugeschneit, hatte er sie nicht bemerkt.

Mit den Händen schob er den Schnee von der Windschutzscheibe, sprang ins Auto und fuhr zum Stellplatz, der ihm zugewiesen wurde. Durch die schneefreien Seitenscheiben sah er, wie die Bewacher eilig am Eingang Aufstellung nahmen. Nicht einen Moment zu früh.

Der Tross der Staatsführung rauschte mit hohem Tempo auf das Gelände. Eine der schweren Volvo-Limousinen steuerte auf den frei gewordenen Parkplatz von Steiner zu.

Die Fahrer sprangen aus den Fahrzeugen und öffneten die hinteren Autotüren. Die Mitglieder des Politbüros stiegen aus. Sie hatten bereits Jagdkleidung an und setzten sich die Mützen auf. Zwei der Jagdgäste trugen russische Pelzmützen, die etwas übertrieben bei den nicht allzu tiefen Temperaturen wirkten. Er schaute wie gebannt auf die Besucher. Den Staatsratsvorsitzenden und die Minister so nah zu sehen, war aufregend.

Steiners Puls hatte sich inzwischen normalisiert. Es wurde Zeit, wieder in die warme Fahrerunterkunft zurückzukehren.

Der Zeitpunkt zum Aufbruch zur Jagd war gekommen.

Der Jagdleiter, ein von der Volkspolizei für die Organisation und Durchführung bestimmter Jäger, rief die Gäste, die sich selbst an der Jagd beteiligten, zusammen. Er schrie ein dreifaches ‚Horrido' und die Jagdgesellschaft antwortete mit ‚Joho'. Die Teilnehmer wurden gebeten, auf die geländegängigen Fahrzeuge zu steigen, die sie zu den vorgesehenen Abschussplätzen bringen sollten. Die Vorfreude auf das Jagderlebnis zeichnete sich auf allen Gesichtern ab. Es wurde gelacht und sich Waidmannsheil gewünscht. Die Begleiter der Jagdbesessenen standen noch ein paar Minuten vor der Tür, um den Geländewagen nachzuwinken, und strebten nun eilig wieder zurück in die gemütlichen Räume des Jagdhauses.

Nicht allzu lange danach hörte man von Weitem das Hornsignal ‚Das Ganze – Anblasen des Treibens'.

Jetzt begannen die Treiber ihre Arbeit und erst jetzt durften die Waffen geladen und damit geschossen werden.

Schlagartig war es aus mit der Ruhe im Wald.

Schüsse hallten durch die kalte Winterluft und die Treiber bemühten sich so laut es ging, das Wild aus den Verstecken zu scheuchen. Eine weitere Geräuschkulisse bildete das Gebell und Gejaule der Jagdhunde. Die Stunden flogen dahin. Die Sonne stand bereits hoch am Himmel, als das Signal ‚Hahn in Ruh' zu hören war und die Jagd beendete. Kurz danach standen die Waidmänner und sogar eine Jägerin durchgefroren, aber stolz da und betrachteten die stattliche Strecke. Erneut ertönte das ‚Horrido' und die Antwort ‚Joho'. Da lagen drei Hirsche, mehrere Rehe und Wildschweine und etliche Hasen steifgefroren im Schnee. Da die Hasenausbeute recht mager ausgefallen war, hatte man still und heimlich eine größere Anzahl sogenannter Kühlzellenhasen dazugelegt, die für diesen Zweck vorrätig gehalten wurden. Das gäbe in den Medien ein eindrucksvolles Bild einer erfolgreichen Jagd. Eigentlich hätte man den versehentlich erschossenen Jagdhund dazulegen müssen, doch in Hinblick auf die jagdliche Tradition, unterließ man es.

Besonders der Staatsratsvorsitzende war hochzufrieden mit dem Ergebnis seines Jagdglücks, da er einen kapitalen Vierzehnender erlegt hatte. Die Glückwünsche für seine Treffsicherheit und das Glück, so einen Prachtburschen niedergestreckt zu haben, nahm er hocherfreut entgegen.

Erinnerungsfotos wurden geschossen und lebhaft über das Erlebte plaudernd, begaben sich die Gäste zum Festmahl. Das gemeinsame Essen, das sogenannte ‚Schüsseltreiben' für die Gäste, Jäger und Treiber, fand im Jagdhaus Hubertusstock statt.

In der Zwischenzeit wurden die erlegten Tiere waidgerecht ausgenommen und in die Wildhalle transportiert.

Nach dem Essen setzten sich einige der Teilnehmer zusammen und ließen das Jagderlebnis noch einmal Revue passieren. Jetzt war es Zeit für ungezwungene Gespräche bei einem Glas Wein, um über ernsthafte, zum Beispiel wirtschaftliche Angelegenheiten zu sprechen. Mitglieder westlicher Industrie-Delegationen unterhielten sich zwanglos mit Mitgliedern des Politbüros und russische Gäste feierten mit jedem, der trinkfest war. Einige übernachteten im Jagdhaus, andere wurden weit nach Mitternacht in die Hotels nach Berlin gefahren, während sich wenige auf den Weg nach Hause begaben. Darunter befand sich auch Doktor Mendel, der darauf bestand, zurückgefahren zu werden.

Baumann hatte aus diesem Grund nur wenig getrunken, verfluchte seinen Chef und fuhr ihn, alle Verkehrsregeln ignorierend, nach Hause.

-7-

Bentheim schaute aus dem Fenster, es regnete. Dadurch würde es nicht weiter auffallen, wenn er einen Regenschirm in das Rasthaus Michendorf mitnähme. Der Schirm war das Zeichen für das Treffen mit Baumann. Im Hochsommer bei strahlendem Sonnenschein wäre dieses sicherlich aufgefallen, dachte er und freute sich über das passende Wetter.

Es wurde Zeit und er fuhr mit dem Wagen Richtung Drewitz zum Grenzübergang. Um mit dem Fahrer zusammenzukommen, musste er den umständlichen Umweg über die Autobahn wählen. Aus diesem Grund hatte er geplant, danach weiter

auf der Autobahn Richtung Hamburg bis zur Grenzübergangsstelle Marienborn/Helmstedt zu fahren.
Er wollte jeden auch noch so kleinen Verdacht vermeiden, dass das Treffen mit dem Tischnachbarn
geplant war. Im Anschluss an einen Stadtbummel
in Helmstedt, der bei diesen Witterungsverhältnis-
sen nicht amüsant ausfallen würde, nähme er wieder die Transitstrecke zurück nach Berlin. Ein Visum für Ostberlin galt nur für den Bereich der
Hauptstadt der DDR und nicht für Orte wie Michendorf, über den er auf die Raststätte Michendorf
hätte gelangen können. Den Gedanken, sich ein
Eintagesvisum für Potsdam zu besorgen und statt-
dessen noch zur Raststätte zu fahren, hatte er verworfen.

Er parkte am Rasthaus, nahm den Schirm unter
den Arm und betrat den Gastraum. Er schaute sich
nach einem leeren Tisch um, als er bereits angesprochen wurde. Bentheim durfte sich nicht selber
einen Platz aussuchen, er wurde, wie es in der DDR
üblich war, ‚platziert'. Er bat, an einem leeren Tisch
Platz nehmen zu dürfen, wobei ein Geldschein un-

auffällig seinen Wunsch unterstrich. Den prüfenden Blick, den die Frau, die ihn zum Tisch geleitete, zuwarf, übersah er geflissentlich.

Er war recht früh dran und da er ein leichtes Hungergefühl verspürte, bestellte er sich Bockwurst mit Brötchen für 85 Pfennige. Der Regenschirm, das vereinbarte Erkennungszeichen, lag auf dem Rand der Tischplatte.

Ihm war bewusst, dass sich unter den Gästen Mitarbeiter der Staatssicherheit befanden, vielleicht sogar die nette Kellnerin, um Treffen zwischen Ostdeutschen und Westdeutschen zu beobachten und gegebenenfalls zu verhindern. Die Raststätte war bekannt als Ort für derartige Kontakte.

Unauffällig beobachtete er die anderen Gäste und meinte nach kurzer Zeit zwei Personen ausgemacht zu haben, die ihm verdächtig vorkamen. Bentheim schaute heimlich hin und wieder zu den Männern hin. Ihm fiel auf, dass die Bedienung, ohne besondere Aufforderung, die beiden sofort mit neuen Getränken versorgte, sobald sie ausgetrunken hatten.

Weiterhin musterte er jede Person, die die Gaststube betrat. Von Steiner hatte er sich Baumann beschreiben lassen, um darauf gefasst zu sein, dass ein fremder Gast sich an seinen Tisch setzen könnte. Dann wäre es unmöglich, die Übergabe der Anweisungen zu vollziehen. Er müsste die Raststätte verlassen.

Sollte dieser Fall eintreten, so würde er zahlen, vor die Tür treten und darauf hoffen, Baumann zu erkennen. Vielleicht würde dabei der demonstrativ in der Hand gehaltene Regenschirm helfen. Das wäre allerdings großes Glück, denn bei diesem Wetter hielten einige Gaststättenbesucher einen Schirm in der Hand. Einen zweiten Termin zu vereinbaren, wäre die Folge.

Der vereinbarte Zeitpunkt war gekommen. Kein Baumann zu sehen. Hatte er es sich doch anders überlegt, oder war das Treffen bei der Jagd aufgefallen und man hatte ihn festgesetzt?

Eine Viertelstunde beabsichtigte er, noch zu warten, dann wäre es besser, zu verschwinden. Ihm schoss sogar ein weiterer Gedanke durch den Kopf. Was wäre, wenn Baumann linientreuer als erwartet wäre. Da bestünde die Gefahr, dass er den Termin an die Staatssicherheit verraten hätte und er, Bentheim, beim Verlassen des Lokals von zwei Herren in langen Mänteln gebeten würde, mitzukommen. Diese Vorstellung trug nicht unbedingt dazu bei, seine Stimmung aufzuhellen.

Er zitterte bereits, sobald ein neuer Gast platziert wurde. Bisher hatte man zu seinem Tisch noch keinen Neuankömmling geleitet.

Draußen goss es inzwischen in Strömen. Länger wollte er nicht mehr warten. Bentheim griff gerade nach dem Regenschirm, als in der Tür zum Gastraum ein Mann erschien, auf den die Beschreibung Steiners passte. Er war knapp eins siebzig groß, mager, hatte eine spitze Nase, die ihm ein mausähnliches Aussehen verlieh und als er den Hut abnahm, kurze rotblonde, strähnige Haare. In der Zwischenzeit hatte sich der Raum gefüllt und Bentheim schmunzelte, als er bemerkte, dass Baumann, und um den handelte es sich in der Tat, zu seinem Tisch geleitet wurde. Sicher hatte er sich die Tischauswahl erkauft.

Der Regenschirm war von Baumann von Weitem entdeckt worden. Er zog den durchnässten Mantel aus und hing ihn an die Garderobe. Nach kurzer unverfänglicher Begrüßung setzte er sich an den Tisch. Bei der Bedienung orderte er eine Soljanka mit Brot für DM 1,80 und eine Tasse Kaffee. Ehe das Essen serviert war, wandte er sich mit bewusst lauter Stimme an Bentheim:

»Bei diesem Wetter jagt man nicht mal einen Hund vor die Tür.«

Bentheim schaute von seinem Teller auf und erwiderte:

»Da gebe ich Ihnen recht. Wird wieder eine nicht so erfreuliche Fahrt bis nach Marienborn.«

»Na, zum Glück habe ich es nicht mehr so weit bis nach Hause«, war Baumanns Antwort.

Bentheim hatte den Eindruck, als würden die Ohren der beiden verdächtig aussehenden Männer, die drei Tische weiter inzwischen schon lange vor leeren Gläsern saßen, immer länger. Die Bedienung hatte abkassiert, sah die leeren Gläser und brachte umgehend zwei volle Gläser. Bentheim wischte sich den Mund mit der Serviette ab und konnte so unauffällig flüstern:

»Kuvert rechts auf dem Stuhl.«

In diesem Moment servierte die Kellnerin die Soljanka. Baumann nahm seinen Hut, der absichtlich auf dem Tisch lag, und legte ihn auf den Stuhlsitz über das Kuvert, das er kurz vorher dort deponiert hatte. Der Stuhl war so unter die Tischplatte geschoben, dass man die Sitzfläche von oben nicht sehen konnte.

Bentheim nahm die Gelegenheit wahr und zahlte sein Essen. Er bezahlte mit Westgeld, was der Bedienung sichtlich lieber war als Ostgeld.

Nachdem er sich angezogen hatte, wünschte er dem Tischnachbarn einen guten Tag und verließ die Raststätte.

Im Auto holte er erst einmal tief Luft. Die Anspannung fiel von ihm ab. Trotzdem schaute er verstohlen zum Rasthaus, ob sich jemand seinem Wagen näherte. Nein. Alles blieb ruhig.

Mit den vorgeschriebenen einhundert Stundenkilometern hatte er die Transitstrecke nach etwa zwei Stunden hinter sich gebracht.

In Helmstedt regnete es nicht wie befürchtet. Ein paar Sonnenstrahlen ließen Bentheim seinen Stadtrundgang fast genießen. Die Bockwurst hatte nicht lange vorgehalten und so stärkte er sich in einem ihm bekannten Restaurant für die Rückfahrt nach Berlin.

Am frühen Abend hatte er es geschafft und stellte, mit sich und der Welt zufrieden, den Wagen in die Garage.

Einige Gläser Cola mit Rum rundeten den erfolgreichen Tag ab. Ein Glück, dass das Benno nicht sah, wobei er an sein Versprechen dachte, das er seinem alten Trainer gegeben hatte. Jetzt waren zusätzliche Runden Joggen die Strafe für seinen Rückfall.

In dem Kuvert für Baumann befanden sich zehn Einhundertmarkscheine Westgeld und ein Zettel, wie weiter verfahren werden soll. Er las ihn mehrmals und schüttelte ab und zu den Kopf. Das, was er dort las, hatte er nicht im Traum erwartet.

Erst jetzt erfuhr Baumann, worum es sich handelte. Der angebliche Bericht über die Diplomatenjagd war nur ein Vorwand gewesen, um an ihn heranzukommen. Im ersten Moment fühlte er sich überrumpelt und überlegte, ob er das Geld behalten und sich danach nie wieder melden sollte.

Also drehte es sich bei der Sache nur darum, an die Dopingmittel des Instituts zu gelangen. Das musste er erst einmal verarbeiten. Das Risiko, erwischt zu werden, war mehr als groß. Für einen Moment hielt er die Angelegenheit für undurchführbar. Andererseits, und das war auf dem kleinen Zettel angedeutet, bekäme er eine hohe Summe D-

Mark für seine Dienste. Zwei Tage und Nächte überlegte er hin und her, was er tun sollte. Gefasst zu werden und in der Stasi-Zentrale in Hohenschönhausen verhört zu werden, ließ ihn zwischendurch immer wieder zweifeln, ob er das Wagnis eingehen sollte. Schließlich überwog der Gedanke an das Westgeld und er entschloss sich, es zu riskieren. Nachdem er alle Wege, an das Mittel heranzukommen, durchdacht hatte, die sich alle als nicht erfolgversprechend herausstellten, fand er am Ende die Lösung. Weiterhin las er, dass er bei Erfolg Steiner unter der angegebenen Telefonnummer von einer Telefonzelle aus anrufen müsste, um einen Termin im Café Moskau zu vereinbaren.

Da man nicht sicher war, ob sie bereits beobachtet wurden, durfte Baumann auf keinen Fall die Dopingmittel mit zum Treffen bringen. Dafür träfe man eine neue Vereinbarung.

Da Baumann selber keine Möglichkeiten hatte, an die Präparate zu gelangen, überlegte er, über eine befreundete Laborantin an eine der Proben zu kommen. Sie war eine graue, schüchterne Labormaus und mehr als glücklich, weil er sie seit längerer Zeit umwarb. Jetzt, da er auf ihre Hilfe angewiesen war, ließ er durchblicken, dass er an Heirat dachte. Sie schwebte im siebenten Himmel.

Sie hatte eine Vertrauensstellung bei Doktor Mendel. Als Baumann sie bat, eine Probe von dem geheimen Dopingmittel abzufüllen, zuckte sie im ersten Moment zusammen. Was er da verlangte, war rundweg Spionage. Erst am dritten Tag sagte sie zu. Sie beruhigte sich selber damit, dass das Entwenden der Probe kein großes Risiko sei, denn nur sie füllte die Ampullen ab. Die Formel zu beschaffen, dürfte schwieriger werden. Da hoffte sie auf einen besonderen Umstand, um an das Papier zu gelangen. Wie naiv ihre Gedanken waren, sollte sich später schnell herausstellen. Jana war so glücklich, durch ihren Freund ihrem Mauerblümchendasein zu entkommen, dass sie die Gefährlichkeit der Aktion einfach ausblendete. Nach einigem

Zögern und der Aussicht bald geheiratet zu werden, war sie einverstanden, das Mittel zu beschaffen. Die von Baumann zusätzlich versprochene Belohnung in nicht unerheblicher Höhe in Westgeld ließ ihre letzten Zweifel dahinschmelzen.

Jana Kroll, so hieß die Freundin, bekam eine Woche später von Doktor Mendel den Auftrag, eine Charge des neuen Dopingmittels mit der internen Bezeichnung ‚TUR 83/11' abzufüllen.

Die Proben sollten zu Testzwecken an verschiedene Sportvereine versandt werden. Normalerweise dauerte das Abfüllen nicht länger als eine Stunde. An diesem Tag schob Frau Kroll das Füllen so lange hinaus, bis Doktor Mendel und die anderen Mitarbeiter das Labor zum Mittagessen verließen.

Mendel, fragte sie, bevor er ging, in seiner üblichen abfälligen Art:

»Frau Kroll, was trödeln Sie denn heute mit dem Abfüllen? Wie Sie wissen, kommt der Kurier in zwei Stunden, um das Mittel abzuholen. Beeilen Sie sich gefälligst. Zur Mittagspause können Sie danach gehen.«

»Herr Doktor Mendel, ich habe festgestellt, dass die Ampullen für das ‚TUR 83/11' nicht dem vorgeschriebenen Sauberkeitsstandard entsprechen. Deshalb werde ich sie erneut reinigen.«

Er nickte und verließ den Raum, ohne sie eines Blickes zu würdigen.

Das Weitere war schnell erledigt. Nach der vorgegebenen Anzahl der Testampullen füllte sie zusätzlich zwei Fläschchen ab und verbarg sie im Kittel. Während des Abfüllens der verlangten Proben begann ihr Herz urplötzlich zu rasen. Ihr war, als hätte sie Schritte gehört, aber es waren nur ihre überreizten Nerven, die ihr einen Streich spielten. Sie verließ, ohne angehalten zu werden, am späten Nachmittag das Gebäude und eilte nach Hause. Der Pförtner, der ihr einen guten Abend wünschte, wunderte sich, dass sie heute nur ein kurzes »Danke« murmelte und ohne ihn anzusehen eilig verschwand. Da sie langjährige verdiente Mitarbeiterin des Instituts war, wurde sie höchst selten beim Verlassen des Betriebes kontrolliert.

Das Kopieren der streng gehüteten Papiere über die Zusammensetzung des Mittels gestaltete sich weitaus schwieriger. Die Formeln lagen sicher verwahrt im Panzerschrank, zu dem außer dem Leiter des Betriebes nur Doktor Mendel den Schlüssel besaß. Doch Glück muss der Mensch haben. Tage später meldete sich eine Delegation aus Moskau an, deren wissenschaftliche Mitglieder sich mit Mendel über den Stand der gegenseitigen Forschung auszutauschen gedachten.

Die Besprechung fand in einem kleinen Raum statt, der für diese Zwecke besonders, wie zum Beispiel mit einer schalldichten Tür, ausgestattet war. Die Runde tagte bis gegen Mittag. Dann beschloss man, zum Essen zu gehen und anschließend weiter zu diskutieren.

Nach Verlassen des Raumes schloss Doktor Mendel die Tür selbst ab und verwahrte den Schlüssel in seiner Anzugtasche. Jana hatte in der Nähe versteckt gewartet. Jetzt sah sie ihre Chance gekommen und eilte zum Besprechungsraum. Sie hoffte, die geheimen Papiere dort vorzufinden. Enttäuscht machte sie kehrt. Die Tür war abgeschlossen.

In ihrem Kopf flogen die Gedanken nur so dahin. Wie käme sie doch noch an die Unterlagen?

Jetzt sah sie nur noch eine Möglichkeit, die Tür zu öffnen. Sie hastete ins Erdgeschoss, wo sich das Hauspersonal aufhielt. Hier gab es einen kleinen Wandschrank, in dem für alle Räume ein Ersatzschlüssel vorgehalten wurde. Das Personal war ebenfalls in die Kantine geeilt, um zu essen. Eilig öffnete sie den nicht verschlossenen Schrank und nahm den Schlüssel, der mit der entsprechenden Raumnummer gekennzeichnet war.

Außer Atem kam sie wieder oben an, schloss die Tür auf, fand sofort die Mappe mit den Unterlagen, entnahm die Seiten mit der geheimen Formel und hetzte zum Kopierer, der am Ende des Flurs stand. Mit zitternden Händen gelang es ihr, die beiden Seiten zu kopieren. Sie faltete die Blätter zusammen, schob sie in ihre Kitteltasche und rannte zurück. Nachdem sie die zwei Originale wieder in die Mappe gelegt hatte, verließ sie den Raum und schloss ihn ab. Selbst das Vervielfältigen hätte für sie eine Falle werden können, denn es gab ein Zählwerk für die gezogenen Seiten. Wofür die Kopien benötigt wurden, musste aufgeschrieben werden. Der Zählmechanismus war seit Monaten defekt. Glück gehabt.

Jetzt, als die innere Anspannung nachließ, hatte sie das Gefühl einer nahenden Ohnmacht. Sie zwang sich, ruhig zu erscheinen, betrat den Speisesaal und nahm sich nur einen Salat. Mehr hätte sie ohnehin nicht herunterbekommen. Nach und nach verließen die Gäste die Kantine und gingen wieder an die Arbeit.

Die Delegation tagte bis in die Abendstunden. Am nächsten Tag hatte sie das Gefühl, dass Doktor Mendel sie besonders beobachtete. Sicherlich bilde ich mir das nur ein, dachte sie. Jana hoffte, dass nicht gerade heute ein Ersatzschlüssel benötigt würde, denn sie hatte keine Zeit mehr gehabt, um ihn unbemerkt zurückzubringen. Am folgenden Tag gelang es ihr in der Mittagspause, den Schlüssel wieder an Ort und Stelle zu deponieren. Nachdem alles vorbei war, wünschte sie inständig, dass kein Verdacht aufkäme.

Die Nächte darauf schlief sie unruhig und von Albträumen geplagt. Ihre Angst war so groß, dass sie die Proben und die Formel am selben Abend zu ihrer Datsche fuhr und dort deponierte. Sie hoffte, dass ihr Versteck hinter den Käfigen der Kaninchen sicher sei.

Sollte sie unter Verdacht geraten, durchsuchten sie garantiert ihre Wohnung und auch die Datsche.

Zwei Tage später nahm sie sich vor, ihrem Freund Baumann die kleinen Fläschchen mit dem zurzeit besten Dopingmittel und die beiden Fotokopien zu übergeben. In der Mittagspause hatte sie sich in der Kantine an seinen Tisch gesetzt. Als sie sich unbeobachtet fühlte, flüsterte sie ihm zu: »Komm bitte heute Abend zu mir. Ich habe etwas für dich.«

»Und ich bringe eine Flasche Rotkäppchen mit, denn darauf müssen wir anstoßen«, murmelte er zurück und sah schon ein Bündel DM-Scheine vor seinen Augen.

Baumann hatte ganz andere Ideen, als sich mit ihr zu verloben. Im Stillen hatte er weitaus egoistischere Vorstellungen, die sich in keiner Weise mit denen von Jana deckten. Der Gedanke, demnächst eine große Menge Westgeld zu besitzen, veranlasste ihn, neue Pläne zu schmieden. Er war sich sogar sicher, einen Weg zu finden, um in den Westen zu flüchten. Dabei sollte ihm Steiner helfen.

Aufgewühlt von der sich bietenden Chance legte er sich ins Bett. In seinem Kopf fuhren die Gedanken Karussell und es dauerte, bis ihn endlich der Schlaf übermannte.

Klopfte da wer? Ja, tatsächlich, jemand pochte an seine Wohnungstür. Ein eisiger Schreck durchfuhr Baumann. War Jana ein Fehler unterlaufen und vor seiner Tür standen bereits die Männer vom Staatssicherheitsdienst? Einen Moment dachte er daran, sich nicht zu rühren, und hoffte, dass die, die vor seiner Tür standen, wieder gingen. Es klopfte erneut und dieses Mal heftiger, fordernder. Es gelang ihm, ein krächzendes »Ich komme« zu rufen. Mit schleppenden Schritten tapste er zur Tür und öffnete sie zaghaft. Vor ihm stand sein Nachbar von der Wohnung über ihm, der vom Spätdienst nach Hause gekommen war, und brabbelte:

»Entschuldige, du hast vergessen, die Scheinwerfer auszuschalten. Wenn du morgen starten willst, kann es sein, dass die Batterie bei der Kälte nicht mehr genug Saft hat.«

Die Anspannung in Baumann fiel schlagartig von ihm ab und erleichtert bedankte er sich: »Vielen Dank, ist doch gut, wenn man aufmerksame Nachbarn hat«, und setzte hinzu:

»Dir noch eine gute Nacht.« Mit weichen Knien kroch er wieder ins Bett, um zu versuchen, ein bisschen zu schlafen.

-9-

Nur einen Tag später klingelte das Telefon in der österreichischen Botschaft. Steiner wurde an den Apparat gerufen.

»Steiner, hallo.«

Baumann rief aus einer Telefonzelle an und sagte nur einen Satz, ohne seinen Namen zu nennen oder ihn namentlich anzureden:

»Am fünfzehnten Dezember um fünfzehn Uhr Café Moskau.«

Der Anruf über eine Telefonzelle war verhältnismäßig sicher, denn die technischen Möglichkeiten, alle gleichzeitig zu überwachen, standen dem Ministerium für Staatssicherheit noch nicht zur Verfügung.

Steiner fühlte sich unbeobachteter, wenn er als Fußgänger in Ostberlin unterwegs war, als mit dem Wagen. Baumann kam mit seinem Trabant und parkte unweit des Cafés.

Hier hätte die Übergabe der Dopingmittel an Steiner erfolgen können, aber so konnte man herausfinden, ob die Stasi sie im Visier hatte. Zum Beispiel, dass sie nach Verlassen der Kaffeestube festgenommen und befragt wurden.

Sie ließen das Treffen wie einen Zufall aussehen. Steiner war bereits um vierzehn Uhr und dreißig eingetroffen und ließ sich an einen freien Tisch platzieren. Wieder wechselte ein Schein seinen Besitzer.

Baumann kam pünktlich um fünfzehn Uhr und bat, an den Tisch von Steiner platziert zu werden, da man sich kannte, wie er argumentierte. Als er vor Steiner stand, erhob sich dieser und sagte betont laut:

»Welch Überraschung, Sie hier zu treffen. Nehmen Sie doch bitte Platz. Na, dann können wir uns ja ausgiebig über unseren gemeinsamen Abend bei der Jagd unterhalten.«

Sie redeten unverfänglich miteinander, tranken Kaffee und aßen Kuchen. Sie plauderten laut über die tolle Diplomatenjagd, wo sie sich kennengelernt hatten.

Baumanns neugierige Frage nach dem Namen des Journalisten wiegelte Steiner ab, indem er entgegnete:

»Besser, wenn Sie ihn nicht kennen.« Der Fahrer war enttäuscht. Steiner machte ihm klar, dass die Bezahlung nur durch ihn geschieht und es nicht nötig sei, dem Zeitungsmann persönlich zu begegnen.

Zum Schluss flüsterte Baumann Steiner zu:

»Am dreiundzwanzigsten Dezember lege ich eine Karte für die beliebte Sendung ‚Ein Kessel Buntes‘ im Palast der Republik auf das linke Vorderrad Ihres Privatwagens. Typ und Nummer habe ich mir gemerkt. Parken Sie ihn von der Botschaft entfernt in der Clara-Zetkin-Straße.

In der Vorstellung werde ich da sein und den Platz neben Ihnen haben. Ich übergebe Ihnen dann die Ware und Sie bringen die Proben im Botschaftswagen zum Journalisten nach Westberlin.«

Baumann zahlte und verabschiedete sich als Erster. Steiner bestellte sich ein zweites Stück Torte und verließ das Café eine Dreiviertelstunde später.

Das Treffen im Palast der Republik am dreiundzwanzigsten verlief reibungslos. Baumann saß links neben Steiner. Sie begrüßten sich nicht. Baumann übergab mitten in der Vorstellung, als alle gespannt auf die Bühne schauten, die Proben mit den

Kopien. Er hatte die beiden Ampullen in die Foto-kopien gewickelt und zu einem kleinen Päckchen zusammengeklebt. Dann hatte er es rechts neben seinem Oberschenkel auf den Sitz gelegt, von wo es Steiner mit der linken Hand unbemerkt in die Hosentasche schieben konnte. In der Pause stellte sich Steiner im Foyer unverfänglich mit einem Ge-tränk zu Baumann.

Er flüsterte:

»Sie wissen, dass wir erst zahlen, wenn wir sicher sind, dass es sich um die echten Mittel handelt.« Baumann nickte, denn das hatte er erwartet, mur-melte aber zurück, dass es eile und nicht länger als vierzehn Tage dauern sollte.

Steiner verließ mit den Zuschauern den Palast der Republik, brachte die Proben im Kofferraum seines Wagens unter und fuhr zurück zur Botschaft.

Er ahnte nicht, dass selbst die harmlose Auffüh-rung ‚Ein Kessel Buntes' stets von Stasi-Mitarbei-tern beobachtet wurde. Das geschah verschärft, wenn Künstler aus dem westlichen Ausland auftra-ten. Nach der Vorstellung wurde dafür gesorgt, dass sie keinen ungewollten Kontakt mit der Bevöl-kerung bekamen. In einem der Spitzelberichte stand, dass man den Wagen der österreichischen

Botschaft vor dem Palast der Republik gesehen hatte, aber nicht den Botschafter und dessen Frau.

Es war deshalb wichtig, die Fotos von den Zuschauern daraufhin zu untersuchen, wer den Wagen gefahren hatte.

Ein Tag später:

Steiner hatte die Proben und die Kopien mit dem Botschaftswagen nach Westberlin geschmuggelt als der Botschafter dort an einer Sitzung teilnahm. Er hatte sie in seine Hosentasche gesteckt. Sollte etwas mit dem Fahrzeug passieren, zum Beispiel ein Unfall, so durfte die heiße Ware nicht im Wagen liegen und entdeckt werden. Umgehend hatte er Bentheim angerufen und ihm vom Erfolg berichtet. Sie verabredeten sich für den nächsten Tag wieder im Café Möhring.

Bentheim übernahm das Päckchen und staunte, wie klein die Ampullen waren. Er konnte es nicht fassen, dass er das geheime Dopingmittel in den Händen hielt. Noch heute würde er Hausmann anrufen, um vom Erfolg zu berichten.

»Die Idee von Baumann, die Ware während der Vorstellung im Palast der Republik zu übergeben, war professionell. Könnte fast von echten Agenten sein«, meinte Bentheim und grinste.

»Mag sein«, erwiderte Steiner, »aber ich werde erst wieder aufatmen, wenn die ganze Sache vorbei ist. Immerhin kann ich als Bote leicht in eine Falle der Stasi tappen und mir danach die Wände einer Zelle in Hohenschönhausen ansehen.«

»Da stimme ich Ihnen zu, aber dieselbe Gefahr droht auch mir, wenn ich meinen Kontakt in Ostberlin treffe,« entgegnete Bentheim beschwichtigend.

Steiner beugte sich über den Tisch, schaute Bentheim in die Augen und begann erneut:

»Ich kann mir vorstellen, wenn Ihr Bericht erscheint, dann werden alle über Sie herfallen und erfahren wollen, wie Sie an die Mittel gekommen sind. Man wird Sie anderweitig versuchen zu erpressen, um herauszufinden, wie Sie es geschafft haben. Ich habe Angst, dass dabei herauskommt, wie und durch wen die Ware über die Grenze gelangt ist. Sollte mein Name fallen, bliebe mir nichts anderes übrig, als ins Ausland zu fliehen.«

Steiner hatte die letzten Sätze eindringlich und hastig gesprochen. Bentheim sah förmlich, wie die Angst in ihm hochkroch.

»Herr Steiner«, begann er in beruhigender Tonlage, »ich kann Ihnen versichern, dass weder der

Weg des Dopingmittels noch Ihr Name auftauchen werden. Übrigens hatte ich das bereits vor der Aktion mit unserer Redaktion so besprochen.«

Steiner lehnte sich wieder zurück und schien ein wenig entspannter zu sein.

»Wie lange, denken Sie, wird die Überprüfung dauern?«, fragte er, wobei er an die versprochene Geldsumme dachte.

»Keine Ahnung«, gab Bentheim zu, »aber sicherlich wird man sich beeilen, weil an dem Ergebnis mehr Leute interessiert sind, als Sie sich vorstellen können.«

Steiner versprach, sich sofort zu melden, wenn die Antwort eintraf.

Es dauerte ein paar Tage, ehe das Resultat vorlag. Die Überprüfung der Dopingmittel durch mehrere anerkannte Institute in Westberlin und Westdeutschland, die spezialisiert auf diese Mittel waren, hatte ergeben, dass es sich um das gewünschte Präparat handelte. Bevor sie die Proben in die Hand bekamen, mussten sie eine Klausel zur strikten Geheimhaltung über das Ergebnis unterschreiben. Hier sorgten Spenden für das schnelle Einverständnis.

Eine andere Entwicklung, die später eine ent-
scheidende Rolle spielen sollte, nahm an Fahrt auf.

Die Gattin des Botschafters beobachtete Steiner
mit Wohlwollen, der sich anscheinend mit der Sekretärin ihres Mannes, Frau Moser, angefreundet
hatte. Sie sah das deshalb so erfreut, weil sie
meinte, dass dadurch ihr Gatte keine Chancen bei
Frau Moser bekäme. Sie hatte schon seit Längerem
sein Interesse an ihr bemerkt, das über den norma-
len Dienst hinausging, wie sie argwöhnte. Besonders beunruhigt war Frau Pichler, wenn ihr Mann
angeblich zu einer späten Besprechung nach Westberlin fuhr und die Sekretärin zu dieser Zeit bereits
in Charlottenburg weilte. Dann lief sie von Eifer-
sucht geplagt durch das Haus und hätte weiß was
dafür gegeben, Mäuschen in der Wohnung von
Frau Moser zu sein.
Diese Gedanken waren aus einem besonders na-
heliegenden Grund so alarmierend, war sie doch
selber in Wien vorher die Sekretärin von Doktor
Pichler gewesen, ehe er sie heiratete. Diese Gefahr
sah sie förmlich ständig vor sich. Doch die von ihr

vermutete Anbahnung einer Liaison zwischen ihrem Mann und Frau Moser entbehrte jeder Grundlage. Das stellte sich alsbald heraus und sie verzieh ihrem Mann im Stillen, den Verdacht gehabt zu haben.

Es war Wochenende. Doktor Pichler saß mit seiner Frau im Salon bei einer Flasche Grauburgunder. Er schaute aus dem Fenster. Es schneite.

»Weißt du, Mausi«, seufzte er, »jetzt möchte ich allzu gern mit dir zu Hause in unserer Villa am Kamin sitzen und in das knisternde Feuer schauen. Das alles fehlt mir sehr. Ich werde erst aufatmen, wenn wir den Aufenthalt in diesem trostlosen Neubau hinter uns haben.

Ich sehne mich danach, wieder heimatlichen Boden unter den Füßen zu spüren.

Frau Moser erzählte mir vor ein paar Tagen, sie hätte nicht gedacht, dass ihr der Weg zur Arbeit so schwerfiele. Jeden Tag, wenn sie den Grenzübergang in der Friedrichstraße nach Ostberlin hinter sich hatte, empfing sie eine andere Stadt mit ihrem grauen, rauen Charme, an den sie sich nie gewöhnen könnte. Sie sehnte sich nach dem leichteren, heiteren Leben, das sie aus ihrer Heimat kannte. Ihr fehlte kurz gesagt die Wiener Lebensart.

Ach ja, mir fällt gerade ein, dass der Steiner«, er nannte ihn immer ohne Anrede, »mich heute früh fragte, ob du den Wagen an diesem Wochenende brauchst.«

Sie überlegte kurz und antwortete:

»Nein, mein nächster Termin in Westberlin ist erst am Mittwoch. Da muss ich zum Coiffeur.«

»Gut, dann werde ich ihm sagen, dass er den Wagen benutzen darf.«

Er griff zum Telefon, wählte Steiners Wohnung an und teilte ihm mit, dass er das Auto haben darf. Steiner war erleichtert und wünschte den beiden ein schönes Wochenende.

Auf dem Weg in die Schlüterstraße kaufte Steiner einen Blumenstrauß und eine Flasche Sekt. Gut gelaunt klingelte er bei Marga Moser.

Sie freute sich über die Blumen und stellte den Sekt kalt. Währenddessen betrachtete er seine Bekanntschaft und bemerkte nüchtern und pragmatisch, dass sie keine Mannequinfigur hatte. Dafür war sie zu zart, fast mager, aber sie hatte ein hübsches Gesicht, kastanienbraune, kurz geschnittene Haare, braune Augen und war pflegeleicht. Der Abend verlief harmonisch und zu beiderseitigem Lustgewinn.

Sie lagen im Bett und Steiner bekümmerte die Dopinggeschichte mehr, als er wahrhaben wollte. Er musste seinem Herzen Luft machen.

Sie merkte schnell, dass ihn etwas bedrückte und fragte:

»Du bist so still und ich habe den Eindruck, du bist nicht ganz hier, weil deine Gedanken sich mit anderen Dingen beschäftigen.«

»Da liegst du richtig mit deiner Annahme. Ich bin da in eine Sache verwickelt, die mir mehr und mehr Sorgen bereitet.«

»Sprich dich aus, das erleichtert«, forderte sie ihn auf und rückte ein Stückchen näher.

Steiner berichtete vom Deal mit dem Dopingmittel, ohne weitere Einzelheiten oder Namen zu nennen.

Sie war schockiert, worauf er sich da eingelassen hatte. Sie war zu klug, um ihm Vorwürfe zu machen, aber bat ihren Freund, die Sache so schnell wie möglich abzuschließen.

Steiner fühlte sich erleichtert, als er sich ausgesprochen hatte, und ließ sie das wissen.

Am Sonntag fuhr er spätabends zurück zur Botschaft.

Im Hausflur rief sie ihm nach: »Vergiss bitte nicht, was du mir versprochen hast.«

»Nein, werde ich nicht. Du kannst dich darauf verlassen.«

Steiner hatte in diesem Moment keineswegs die Absicht, die einmalige Chance aufzugeben und die hohe Bezahlung durch Bentheim sausenzulassen.

Seine Beichte hätte normalerweise keine Folgen gehabt, aber es gab da etwas, wovon weder Steiner noch der Botschafter eine Ahnung hatten.

Seit mehreren Monaten hatte der DDR-Geheimdienst einen Spitzel auf Frau Moser angesetzt, um Interna aus der Botschaft zu erfahren. Sie wandten den sogenannten Romeo-Trick an.

Bei einem Theaterbesuch in Ostberlin schaffte es der gut aussehende und sportlich wirkende Mann in der Pause, Kontakt mit der unscheinbaren Frau Moser aufzunehmen. Im Gegensatz zum eher kantigen und uncharmanten blonden Steiner war er fast von südländischem Aussehen und verfügte über exzellente Manieren. Sie lief mit offenen Augen in die gestellte Falle.

Der Agent war dazu ausersehen, eine Liebesbeziehung mit der Zielperson anzuknüpfen. Der nächste Schritt wäre der Versuch, die Frau sogar als inoffizielle Mitarbeiterin für die Staatssicherheit zu gewinnen.

Einige Monate gelang es Frau Moser, diesen Kontakt vor Steiner zu verbergen. Wenn er sich in Westberlin aufhielt, traf sie sich fast jedes Mal in Ostberlin mit ihrem Romeo. Selbst in ihrer Mittagspause trieb es sie in seine Arme.

Die neue Bekanntschaft gab es bereits, als Steiner ihr von dem Dopingdeal berichtete.

Geschickt hatte sie es geschafft, wegen des anderen Mannes keinen Verdacht aufkommen zu lassen, und er besaß nicht die Sensibilität, die kleinen Veränderungen in ihrem Wesen zu bemerken.

-11-

Mehr und mehr verfiel sie dem Charme ihres neuen Bekannten. Ausgebildet, um Frauen zu verführen, zog dieser alle Register. Er schwärmte von seinem Beruf als Mitarbeiter im DDR-Ministerium für Außenhandel und von seiner baldigen Ernennung zum Abteilungsleiter. Immer öfter verglich sie die beiden Männer, und je länger die Liaison dauerte, desto mehr gefiel ihr der neue Freund. Dass er Ostberliner war, störte sie nicht. Ihr dämmerte, dass sie sich entscheiden musste.

Am nächsten Wochenende fuhr Steiner das Botschafterehepaar zur Oper in die Bismarckstraße. Es war der zwölfte Januar.

In der Zeit, bis er das Ehepaar wieder von der Vorstellung abholen sollte, würde er zu Marga gehen. Er freute sich bereits auf das Wiedersehen mit ihr und wunderte sich, wie kühl sie ihn empfing.

»Komm erst einmal herein«, bat sie ihn.

Für die mitgebrachten Blumen nahm sie eine Vase mit Wasser und stellte sie auf den Couchtisch. Den Sekt legte sie in den Kühlschrank.

Sie saßen auf dem Sofa und er bemerkte, wie sie ein Taschentuch zwischen den Händen zerknüllte und ihn nervös von der Seite anschaute. Marga hatte es sich viel leichter vorgestellt, ihm die Wahrheit über ihre neue Bekanntschaft zu beichten. Immer wenn sie ansetzte, das Gespräch auf diesen

Punkt zu bringen, schaute er sie mit seinen stechenden grauen Augen an, dass sie zusammenzuckte und keinen Satz herausbrachte.

Der Sekt war gekühlt und sie holte die Gläser.

Er war dabei, die Flasche zu öffnen, als sie ihn mit den Worten:

»Warte, das hat Zeit. Ich muss dir erst etwas Wichtiges sagen«, unterbrach.

Steiner hatte jetzt langsam gemerkt, dass irgendwas in der Luft lag und stellte den Sekt auf den Tisch.

Ohne lange Vorrede wollte sie das Thema endlich zu Ende bringen und sagte frei heraus:

»Ich muss dir etwas gestehen. Ich habe einen anderen Mann kennengelernt und wir müssen uns trennen. Außerdem erwarte ich ihn noch heute Abend.«

Nach diesen Worten herrschte eine gespenstische Stille im Raum.

Instinktiv spürte sie eine nahende Gefahr. Einen Moment saß Steiner wie erstarrt da, dann schossen alle negativen Erinnerungen an Frauen in ihm hoch, er sprang auf, drehte sich um und schlug Marga mit voller Wucht ins Gesicht.

Sie stieß einen entsetzten Schrei aus und hielt die Arme schützend vor ihren Kopf.

In ihrer Angst schrie sie ihn an:

»Wenn du nicht sofort verschwindest, erzähle ich dem Botschafter von deiner Dopingsache. Dann kannst du dir gleich eine neue Stelle suchen. Und ich denke, dass sich auch die Volkspolizei für deine Machenschaften interessieren wird.«

Das würde seine sofortige Verhaftung bedeuten. Die Strafe in der DDR wäre hart. Wenn er Glück hätte, wiese man ihn aus und er bekäme in Österreich ein Verfahren. Seine sichere Existenz wäre so oder so vernichtet.

Nach ihrer Drohung brannten bei Steiner alle Sicherungen durch. Er schlug ein zweites Mal und noch härter zu. In ihrer Angst, nein, es war schon Todesangst, sprang sie auf und versuchte aus der Wohnung zu flüchten. Sie stieß an den Couchtisch. Die Vase fiel um, ein Sektglas zerklirrte auf der Glasplatte des Tisches und die Sektflasche rollte zu Boden. Er schnellte auf sie zu, riss dabei einen Stuhl um, dann hatte er sie eingeholt. Steiner drehte sie zu sich um und sie fühlte, wie sich seine Pranken blitzschnell um ihren schlanken Hals legten. Erbarmungslos drückte er zu. Ihr Hilfeschrei erstickte zu einem Röcheln. Sie hatte nicht die geringste Chance gegen den kräftigen und zu allem entschlossenen Mann. Damit sie ihn nicht im Gesicht kratzen konnte, beugte er seinen Kopf weit nach hinten und hielt sie mit seinen langen Armen von sich fern. Sie war von dem Angriff wie paralysiert und zu keiner wirkungsvollen Gegenwehr fähig. Es war ein nicht zu kontrollierender Tötungsinstinkt, der ihn antrieb. In diesem Moment war sein rationales Denken blockiert. Er schaute ihr ins Gesicht, aber das, was er sah, gelangte nicht bis in den Teil des Gehirns, der für Empathie zuständig war. Das Erwürgen dauerte einige Minuten, ehe der Erstickungstod eintrat. Das Letzte, was sie bemerkte, waren seine ausdruckslosen, granitgrauen Augen. Dann sackte sie zusammen.

Steiner ließ sie zu Boden gleiten und erst jetzt packte ihn ein Anflug von Panik. Sein rationaler Verstand begann wieder zu arbeiten. Ein Gedanke jagte durch seinen Kopf: Ich bin zum Mörder geworden!

Hatte sie nicht gesagt, ihr Bekannter würde heute kommen? War das nur eine Schutzbehauptung gewesen, damit er eher gehen sollte, oder könnte es jeden Moment an der Wohnungstür klingeln?

Sein nächster Gedanke war, die Leiche musste verschwinden. Je später sie gefunden wurde, desto besser. Spurlos wäre am besten. Er überlegte und hatte eine Idee. Ein zufriedenes Lächeln breitete sich auf seinem Gesicht aus. Er war überzeugt, die perfekte Lösung für die Beseitigung der Toten gefunden zu haben. Im Schlafzimmer riss er die Türen des Schlafzimmerschrankes auf und warf mit wenigen Armbewegungen die Wäsche und das Bettzeug aus den Regalen. Endlich fand er einen Bettbezug, den er für den Transport des Opfers benötigte. Er lief ins Wohnzimmer, schob sie, vor Anstrengung keuchend, hinein und wickelte den Bezug zum Schluss noch um ihren Körper. Dabei blieb ihr linker Schuh unter dem Couchtisch liegen. Fast mühelos legte er sich die leichte Frau über die Schulter. Die Wohnung lag im Hochparterre und sein Wagen stand nur wenige Meter rechts von der Haustür. Er öffnete die Wohnungstür einen Spalt und lauschte. Alles war still, doch dann hörte er, wie oben eine Tür aufging. Sollte er warten, oder reichte die Zeit, die Leiche zum Auto zu bringen? Die Schritte kamen näher. Er schloss sachte die Tür und wartete, bis die Person das Haus verlassen hatte. Die Last auf seinen Schultern schien plötzlich immer schwerer zu werden. Dann wagte er es, die wenigen Stufen nach unten zu steigen und die Haustür zu öffnen. Vorsichtig schaute er sich um. Weder auf dem Bürgersteig noch auf der anderen Straßenseite waren Menschen zu sehen. Das regnerische und windige Wetter lockte kaum jemanden um diese Zeit aus dem Haus. Ein paar Schritte, und er versuchte mit einer Hand das Kofferraumschloss zu öffnen. Es klemmte, er fluchte leise vor sich hin und seine Hände begannen zu zittern. Die Leiche rutschte ihm dabei von der Schulter und platschte auf das nasse Pflaster. Endlich klappte der Kofferraum auf und er hob den Körper hektisch hinein, ehe ihm die Beine versagten.

Geschafft. Alles in allem hatte es etwas mehr als eine Stunde gedauert. Im Wagen hätte er sich gerne eine Zigarette angezündet, aber der Botschafter war Nichtraucher und hatte ihm das untersagt.

Er zwang sich zur Ruhe, denn er musste später das Ehepaar von der Oper abholen. Was wäre, wenn Doktor Pichler oder seine Frau etwas in den Kofferraum legen wollten?

Er würde so tun, als wäre das Schloss defekt.

Jetzt musste er sich ein Alibi für diese Zeit verschaffen. Er überlegte einen Moment, dann fiel ihm eine Bar in der Nähe ein, wo er früher mit Marga nette Abende verbracht hatte. Vorbei. Es war die ‚Paris-Bar' in der Kantstraße. Er parkte dort an der Ecke und betrat die Bar. Das gehörte zu dem spontanen Plan, wenn er nach seinem Alibi gefragt würde. Damit sich die Gäste an ihn erinnerten, hatte er eine Idee.

Pünktlich stand er mit dem Wagen vor der Oper, um das Ehepaar abzuholen.

Noch freudig erregt von der wunderschönen Aufführung entschieden sie, den Abend gemütlich und entspannt ausklingen zu lassen. Zu seinem Erstaunen luden sie ihn ein, mitzukommen.

Bei ‚Hardy an der Oper' saßen sie bei einer ausgezeichneten Flasche Wein bis gegen Mitternacht zusammen, ehe Steiner sie zurück nach Ostberlin fuhr, samt der grausigen Fracht im Kofferraum.

Steiner wartete, bis sich das Ehepaar zur Ruhe begeben hatte. Er schlich in die Garage und lud das Opfer in den Kofferraum seines Wagens um.

Er zwang sich, nicht einzuschlafen, rauchte eine Zigarette nach der anderen, bis er meinte, der Zeitpunkt wäre gekommen, sich der Leiche zu entledigen.

Es war nach drei Uhr in der Nacht und ein heftiger Wind trieb Schneeschauer durch die dunkle Stadt. Die Straßen lagen wie ausgestorben da. Er steuerte zur Marschallbrücke. Da ein haltendes Auto auf der Brücke auffiele, fuhr er ein Stück die Uferstraße entlang. Er schaute sich nach allen Seiten um, wuchtete sich dann eilig das Opfer auf die Schulter, stapfte ans Ufer und wollte es in die Spree werfen, als er ins Stolpern geriet, fast das Gleichgewicht verlor und einen Moment den Griff um ihren Körper lockerte. Der Bettbezug öffnete sich unten, die Tote rutschte heraus, rollte über die Ufermauerkante und blieb zu Steiners Entsetzen auf einem Absatz der Ufermauer, kurz vor dem Wasser, liegen. Er überlegte, ob er von der Treppe an der Planckstraße hinuntersteigen und auf der schmalen Kante bis zur Leiche balancieren sollte, um sie endgültig in die Fluten zu befördern. Doch das Risiko, entdeckt zu werden, erschien ihm zu groß. Wütend knüllte er den Bettbezug zusammen und warf ihn mit weitem Schwung ins Wasser.

Er fluchte, drehte sich um und fuhr, über den Misserfolg entnervt, nach Hause. Den Wagen stellte er in die Garage und begab sich zur Ruhe. Erschöpft, aber ohne bedrückende Träume schlief er die wenige Zeit bis zum Morgen.

-12-

Am dreizehnten Januar entdeckte ein früher Werktätiger gegen acht Uhr die Leiche am Ufer und informierte die Volkspolizei.

Eine Streife fuhr mit Blaulicht sofort zum Fundort. Hauptwachtmeister Redlich rief die Hauptabteilung K in der Zentrale Keibelstraße an:

»Hier Hauptwachtmeister Redlich, wir haben eine weibliche Leiche am Ufer der Spree und bitten um weitere Anweisungen.« Die Antwort von dort lautete:

»Fundort absichern, Neugierige fernhalten, Opfer bergen und abdecken. Kollegen sind auf dem Weg zu Ihnen.«

»Zu Befehl, Genosse Hauptmann. Fundort absichern, Neugierige fernhalten, Opfer abdecken. Ende.«

Es gelang der Streifenbesatzung, den Körper nach oben zu hieven und auf dem Bürgersteig abzulegen. Minuten später kam ein Einsatzfahrzeug der Kriminalpolizei, ein Barkas B 1000, an der Fundstelle an. Weitere Streifenwagen trafen ein. Die Volkspolizisten hielten die bei diesem Wetter nur wenigen Neugierigen auf Abstand. Die Marschallbrücke wurde umgehend von den Schaulustigen geräumt. Nur von der gegenüberliegenden Uferseite gelang es den Menschen, das Treiben am Fundort zu beobachten.

Nach kurzer Inaugenscheinnahme und diverser Fotos entschied Oberleutnant Müller, die Frau in das Institut der Gerichtsmedizin in die Hannoversche-Straße bringen zu lassen. Ein Leichenwagen übernahm den Transport.

Der Gerichtsmediziner stellte den Tod durch Erwürgen fest. Das Zungenbein war gebrochen und der Kehlkopf eingedrückt. Der Zeitpunkt des Todes ließ sich durch die Kälte nicht eindeutig feststellen, aber wurde etwa auf die Nacht des zwölften zum dreizehnten Januar datiert. Bei tiefen Temperaturen blieb die Leichenstarre aus, was auch für das im Schnee liegende Mordopfer zutraf.

Inzwischen liefen die Ermittlungen der Kriminalpolizei auf Hochtouren. Noch wusste man nicht, wer die Tote war. Fingerabdrücke wurden genommen und mit Karteidaten verglichen. Kein Treffer. Anhaltspunkte deuteten darauf hin, dass die Frau eventuell nicht aus der DDR stammte. Die exklusive Modemarke des Kleides und die ebenfalls in der DDR nicht zu erhaltene Unterwäsche ließen den Schluss zu. Ergänzt wurde der Eindruck durch einen wertvollen Ring mit einem Saphir an ihrer rechten Hand. Im Bericht stand vermerkt, dass der linke Schuh fehlte.

Die bei der Kriminalpolizei tätigen Mitarbeiter des MfS hatten sofort diesen Verdacht an die zuständige Stelle durchgegeben. Am nächsten Morgen erschien ein hochrangiger Angehöriger des Ministeriums für Staatssicherheit in der Keibelstraße und ordnete an, dass der Fall ab sofort von der Hauptabteilung IX/7 des MfS übernommen werde. Weitere Zuarbeit der Kriminalpolizei wäre erwünscht. Die nachfolgende Untersuchung der Toten durch die Kollegen der Forensik brachten kein Ergebnis. Die Fingerabdrücke am Hals waren verwischt und somit nicht verwertbar.

Wichtigste Sofortmaßnahme war Stillschweigen über das Mordopfer in Presse und anderen Medien. Im sozialistischen Staat kamen derartige Verbrechen nicht vor. Außerdem sollte innerhalb der Bevölkerung keine unbegründete Angst vor Kriminalität geschürt werden. Dazu gehörte, dass die Passanten, die den Leichenfund an der Spree und die Polizei beobachtet hatten, nicht eine einzige Zeile darüber in den Zeitungen wiederfanden.

Die Kriminalpolizei ließ alle Grenzübergänge nach der Einreise einer weiblichen Person in den letzten drei Tagen aus dem Westen überprüfen. Nicht nur die Übergänge aus Westberlin, sondern auch die Transitübergänge nach Westdeutschland. Das dauerte. Keines der Einreisedokumente ergab einen Hinweis auf die Frau. Alle Personen hatten das Staatsgebiet inzwischen wieder verlassen oder hielten sich, für die im Dokument angegebene Dauer, noch in der Deutschen Demokratischen Republik auf.

Erwägungen, sich mit den Kollegen der Westberliner Polizei in Verbindung zu setzen, wurden vorerst nicht in Betracht gezogen.

In der Keibelstraße herrschte dicke Luft. Man hatte eine unbekannte Tote und Kripo und MfS misstrauten einander in der Ermittlungsarbeit. Sie waren bisher keinen Schritt weitergekommen. Bei einem informativen Austausch der Ermittlungsergebnisse saßen das MfS und die Kripo in der Keibelstraße zusammen. Hauptmann Fritz Kriwanek von der Kriminalpolizei räusperte sich und wagte einen Vorstoß.

»Genossen, wie es aussieht, ist der Nebel, in dem wir herumstochern ...«, hier wurde er rüde von einem MfS-Mann unterbrochen, der ihn mit den Worten kritisierte:

»Ich denke nicht, Genosse, dass unsere Arbeit als ein Herumstochern im Nebel bezeichnet werden kann.«

Kriwanek wartete geduldig, fuhr dann aber, ohne auf den Einwurf einzugehen, ungerührt fort: »... so dick, dass wir überlegen sollten, uns an das Landeskriminalamt in Westberlin zu wenden und um Amtshilfe zu ersuchen.«

Schweigen in der Runde. Blicke wurden getauscht, Schultern gezuckt und Köpfe geschüttelt. Den Klassenfeind um Hilfe bitten? Das wäre wie den Teufel um eine milde Gabe anbetteln. Kommt nicht infrage! Wieder einmal der Kriwanek! Er sollte langsam vorsichtiger werden. Oft genug war er mit kritischen Bemerkungen zum Ablauf von Ermittlungen aufgefallen. Außerdem galt er als nicht sehr linientreu. Seine ausgezeichneten Ermittlungsergebnisse hatten ihn bisher vor Disziplinarstrafen bewahrt. In die lastende Stille hörte man ein Hüsteln und dann die Stimme von Major Schmittke vom MfS:

»Genossen, lasst uns nichts überstürzen. Wir stehen erst am Anfang der Untersuchungen. Es ist anzunehmen, dass die Tote, allein durch die Kleidung und den Schmuck, aus dem Westen stammen könnte. Ich schlage deshalb vor, die nächsten Tage zu nutzen, um den Fall zu klären. Sollten wir nicht vorankommen, könnten wir dem Vorschlag des Genossen Kriwanek nähertreten und operative Maßnahmen einleiten.« Kriwanek grinste zufrieden.

-13-

Am dreizehnten Januar wartete Dr. Pichler vergeblich auf seine Sekretärin. Gerade heute war er auf ihre Arbeit angewiesen, denn es stand der monatliche Bericht nach Wien an das Außenministerium an. Er ließ mehrfach in der Wohnung in der

Schlüterstraße in Charlottenburg anrufen. Niemand meldete sich.

Frau Marga Moser wollte nicht in Ostberlin wohnen, sondern hatte sich eine Altbauwohnung in Charlottenburg gesucht. Jeden Morgen fuhr sie mit ihrem kleinen Fiat zur Botschaft.

Zuerst erwog der Botschafter, seinen Fahrer Steiner nach Westberlin zu schicken, um nachzusehen, wo Frau Marga Moser bliebe. Vielleicht hatte sie einen Verkehrsunfall? In diesem Fall wären sie von der Polizei informiert worden. Man wartete weiter. Dann, als sie bis zwanzig Uhr nicht aufgetaucht war, hielt er es für angebracht, die Westberliner Polizei um Hilfe zu bitten. Normalerweise wurde man nicht sofort tätig, wenn eine erwachsene Person einen Tag verschwunden war. Da es sich hier um die österreichische Botschaft handelte, bearbeitete man die Anzeige allerdings umgehend.

Ein Streifenwagen fuhr zur Adresse. Ein Beamter klingelte und klopfte an die Wohnungstür. Keine Reaktion. Er ging zur danebenliegenden Wohnung, um sich nach dem Hausmeister zu erkundigen.

Eine alte grauhaarige Dame öffnete nach längerem Klingeln vorsichtig die Tür und als sie den Polizisten erkannte, fragte sie als Erstes: »Kommen Sie wegen des Lärms in der Nacht, der gestern aus der Wohnung von meiner Nachbarin kam?«

Der Polizist wurde hellhörig und erkundigte sich sofort: »Wann haben Sie den Lärm gehört? Wonach hat es sich angehört?«

»Genau weiß ich das nicht mehr. Es mag so gegen zwanzig Uhr gewesen sein. Eine Frau hat laut geschrien, dann hat etwas gepoltert und danach war es still. Ich habe einen Moment gelauscht. Da alles ruhig blieb, bin ich ins Bett gegangen.«

Der Beamte notierte sich den Namen der Mieterin und fragte noch einmal nach dem Hausmeister.

»Der heißt Wuttig. Wenn Sie Glück haben, ist er nüchtern. Ansonsten macht er Ihnen nicht auf.«

Er wohnte im Hinterhaus und öffnete nur widerwillig die Tür, als es in der Nacht bei ihm Sturm klingelte. Eine Wolke von Alkoholdunst schlug dem Beamten entgegen.

Der Polizist bat ihn, zur Wohnung von Frau Moser zu kommen und sie aufzuschließen.

»Einen Moment, bitte«, murmelte der schlaftrunkene, sichtlich nicht ganz nüchterne Mann mürrisch, »ich zieh mir nur etwas über.«

Wuttig schlurfte hinter dem Gesetzeshüter her ins Vorderhaus.

Er schloss die Wohnung auf und als er neugierig hineingehen wollte, baten ihn die Streifenbeamten, draußen zu warten. Auf die Rufe:

»Hallo, Frau Moser, sind Sie da? Hier ist die Polizei«, erhielten sie keine Antwort. Sie durchsuchten Raum für Raum. Die Mieterin war nicht da.

Im Wohnzimmer entdeckten sie Spuren eines Kampfes. Ein Stuhl war umgeworfen und eine Vase lag neben dem Tisch. Das Wasser hatte einen Fleck neben den welkenden Blumen auf der Auslegware hinterlassen. Ein Schuh befand sich unter dem Couchtisch. Im Schlafzimmer standen die Türen eines Schrankes auf und Wäschestücke lagen verstreut davor.

»So, wie es hier aussieht, müssen wir die Kollegen in der Keithstraße informieren. Sieht nach einem Tatort aus«, entschied einer der Beamten und rief die Abteilung 11 des LKA an. Es war inzwischen zwei Uhr nachts. Der Kollege meldete sich etwas schläfrig:

»Hallo, hier Kriminalkommissar Lemke vom Kriminaldauerdienst. Worum geht es?«

Der Polizist berichtete:

»Hier Polizeiobermeister Reschke. Es geht um die verschwundene Frau Marga Moser von der österreichischen Botschaft. Wir sind in ihrer Wohnung in der Schlüterstraße fünfzehn. Frau Moser ist nicht da. Es sieht aus, als hätte es einen Kampf gegeben. Wir bitten um weitere Anweisungen.«

»Bleiben Sie bitte vor Ort. Wir sind in ein paar Minuten da«, erwiderte Lemke und legte auf.

Er wandte sich an den Kollegen Hübner, der das Gesicht missmutig verzog und zu Lemke sagte:

»Hab es schon mitbekommen. Ich zieh mich an und hole den Wagen. Wir treffen uns unten.« Lemke lächelte, weil sie sich wie immer ohne große Worte verstanden.

Kurz darauf erreichten sie den Tatort. Der Hauswart lungerte noch vor der Wohnung herum und Hübner wollte wissen:

»Wer sind Sie und was machen Sie hier?«

»Ich bin Herr Wuttig, der Hausmeister, und habe Ihren Kollegen die Wohnung aufgeschlossen.«

»Gut, jetzt ist sie ja offen. Haben Sie noch etwas Sachdienliches zu berichten?«

»Mir fällt ein, vielleicht ist Frau Moser weggefahren? Sie hat so einen kleinen hellblauen Fiat.«

Die Worte hatte einer der Streifenbeamten gehört. Er kehrte noch einmal in die Wohnung zurück, kam kurz danach heraus und hielt den Wagenschlüssel in der Hand:

»Lag im Flur mit ihrer Handtasche auf einer Ablage«, erklärte er.

Lemke bedankte sich beim Hauswart und schlug vor:

»Wir möchten Sie nicht länger als unbedingt nötig aufhalten. Wir brauchen Sie hier nicht mehr.« Mit sichtlicher Enttäuschung verabschiedete sich der Mann und verließ unsicheren Schrittes das Treppenhaus. Die beiden Kripobeamten betraten die Wohnung.

Ehe sie mit der Untersuchung begannen, befragten sie die Streifenbeamten. Der mit der Nachbarin gesprochen hatte, berichtete von dem Gespräch und der Uhrzeit, wann der Lärm vernommen wurde. Lemke notierte sich die Aussage. Sie versicherten, sie hätten nichts angefasst und einer von ihnen schlug vor:

»Wir können uns in der Nähe nach dem Fahrzeug von Frau Moser umsehen. Dann wissen wir, ob sie weggefahren ist.«

»Nur mit einem Schuh?«, lästerte Lemke und grinste.

»Ist zwar alles mehr als unwahrscheinlich, da der Autoschlüssel hier liegt, aber eventuell ist sie oder eine andere Person mit dem Zweitschlüssel gefahren. Nachsehen schadet nicht«, resümierte Hübner, ohne auf den Einwand einzugehen.

»Gute Idee, wir brauchen eine Weile. Wenn Sie ihn finden, rufen Sie uns einfach hier an und sagen, wo er steht.« Er schaute auf das Telefon von Frau Moser, entdeckte die Rufnummer und gab sie dem Kollegen.

Die Polizisten begaben sich auf die Suche.

Lemke und Hübner untersuchten Raum für Raum. Nach routinierter Überprüfung entschied Uwe Lemke:

»Ich bin mir nicht sicher, was hier vorgefallen sein könnte. Einen Einbruch mit der Absicht, die Bewohnerin auszurauben, können wir ausschließen. Keine Schublade ist herausgerissen, der Schreibtisch sieht unberührt aus und es stecken über zweihundert Mark in ihrem Portemonnaie. Es sind keine Blutspuren zu entdecken. Kann gut sein, dass es sich hier nur um eine heftige Auseinandersetzung handelt und Frau Moser sich irgendwo anders aufhält. Ein bisschen beunruhigt bin ich schon, denn welche Frau lässt ihre Handtasche, zumal mit allen Papieren, in der Wohnung, wenn sie freiwillig weggeht? Außerdem geht man ja kaum nur mit einem Schuh aus der Wohnung. Und was es mit den herausgerissenen Wäschestücken im Schlafzimmer auf sich hat, ist mir auch noch schleierhaft.«

Lemke ging noch einmal zurück ins Wohnzimmer. Er bückte sich und fand die Sektflasche, die unter die Couch gerollt war.

»Peter, ich habe die Sektflasche gefunden. Ungeöffnet. Ich habe mich anfangs gewundert, wozu die beiden Sektgläser waren, aber keine Flasche entdeckt. Ich lasse sie da liegen. Die Spurensicherung wird sie schon finden.«

Das Telefon klingelte. Hübner hob ab und meldete sich nur mit einem »Hallo«.

Der Streifenbeamte fragte, ob das der Anschluss von Frau Moser sei.

»Ja, hier ist Hübner, hätte ja sein können, dass es ein anderer Anrufer gewesen wäre.«

»Wir haben den Wagen gefunden. Er steht an der Ecke Goethestraße. Das Auto ist abgeschlossen und es befindet sich keine Person darin.«

»Haben Sie im Kofferraum nachgesehen?«

»Ja, das haben wir, der ist auch leer.«

»Denken Sie bitte daran, uns Ihren Bericht über den Einsatz zukommen zu lassen.«

»Ja. Am Montag in der Keithstraße. Reicht das?«

Hübner bedankte sich, schickte einen fragenden Blick zu Lemke und als der den Kopf schüttelte, verabschiedete sich Hübner und legte auf.

Er hatte sich Notizen gemacht, gähnte lang und ausgiebig und beschloss:

»Wir machen für heute Schluss. Wie es aussieht, ist keine Gefahr in Verzug. Morgen früh können sich die Kollegen der Spusi mit dem Tatort befassen.«

Sie verließen die Wohnung und versiegelten sie.

Bei den ersten Anzeichen der Morgendämmerung fuhren sie zurück zur Keithstraße. Für den Bericht war morgen noch Zeit.

Das übliche Vorgehen der Kriminalpolizei, wie Krankenhäuser, Unfallstationen und Hotels abzutelefonieren, brachte kein Ergebnis. Tage vergingen, ohne dass sie eine Spur von Frau Moser entdeckten. Von der österreichischen Vertretung wurden sie unter Druck gesetzt. Der Botschafter kam nicht auf den Gedanken, die Polizei in Ostberlin zu informieren, weil er von der Westberliner Polizei erfahren hatte, dass Frau Moser etwas in ihrer Wohnung in der Schlüterstraße zugestoßen sein musste. Man ging davon aus, dass sie sich vermutlich in Westberlin befand, weil ihr Dauervisum und der Ausweis bei ihr zu Hause lagen.

Die Spurensicherung hatte inzwischen die Arbeit aufgenommen. In der Wohnung wurden außer den Fingerabdrücken von Frau Moser nur Abdrücke einer anderen Person gefunden. Die waren auf der Sektflasche besonders klar und verwertbar.

Einer der Forensiker bemerkte:

»Es sieht so aus, als ob die Dame nicht viele Bekannte hatte. Bis jetzt haben wir, bei der ersten Überprüfung, nur zwei unterschiedliche Fingerabdrücke gesichert.«

Ihre Hoffnung, ein Indiz für eine Gewalttat, wie einen abgerissenen Knopf, ein Büschel Haare oder einen Ohrring zu finden, erfüllte sich nicht.

Sie packten zusammen und fuhren ins Labor. Ein Abgleich in der Fingerabdruckkartei brachte keinen Treffer.

»Da werden die Kollegen enttäuscht sein«, meinte einer, »aber wo nichts ist, können selbst wir nichts finden.«

In der Keithstraße indessen überlegte Kriminalhauptkommissar Lutz Lange, ob es sich empfehlen würde, die Kriminalpolizei in Ostberlin um Amtshilfe zu ersuchen.

»Was meinst du, sollten wir wenigstens die Chance nicht ungenutzt lassen, um zu erfahren, ob die Kollegen von drüben eine Spur von Frau Moser haben?«

Alle Erkundungen auf der Westseite hatten bisher keinen Anhaltspunkt über den Aufenthalt von ihr erbracht.

»Wenn wir in Kürze nicht weiterkommen, werden wir es versuchen«, stimmte Lemke zu.

Im Moment wussten sie nicht, wo sie noch nachforschen sollten. Es wurde angeregt, eine Vermisstenanzeige in den Westberliner Zeitungen zu schalten. Der Vorschlag von Kriminalhauptkommissar Lutz Lange wurde diskutiert. Sie entschieden, das wäre noch zu früh.

Es war jedoch nicht zu früh für einen Klatschspalten-Journalisten eines Boulevardblattes.

Die Zeitung wurde anonym informiert, dass die Kripo in der Schlüterstraße ermittelte. Der Zeitungsmann fuhr umgehend dort hin, interviewte den Hausmeister Wuttig und verfasste einen Artikel mit der Überschrift:

‚Mysteriöses Verschwinden einer Frau aus ihrer Wohnung in der Schlüterstraße – Wohnzimmer verwüstet. Es scheint ein Kampf stattgefunden zu haben. Die Kripo ermittelt in alle Richtungen'.

Uwe Lemke überflog die Zeilen in der Zeitung, die ihm sein Kollege neben die Kaffeetasse gelegt hatte. Sich an ihn wendend kommentierte er:

»Da siehst du es wieder einmal, der Hausmeister konnte vom Treppenflur aus höchstens den umgestürzten Stuhl sehen und sofort macht die Journaille ein verwüstetes Zimmer daraus.«

Weitere Tage vergingen, ohne dass sie einen Schritt weiterkamen.

In einer der Routinebesprechungen, die jeden Montag stattfanden, äußerte sich Lange:

»Da Frau Mosers Arbeitsstelle in Ostberlin liegt, werden wir jetzt endlich unsere Nachforschungen nach dort ausdehnen. Einen Versuch sollte es wert sein. Was meinst du?«

Uwe Lemke runzelte die Stirn:

»Lutz, du weißt schon, wie umständlich das Amtshilfeersuchen ist. Außerdem dauert es sehr lange, ehe eine Antwort von drüben kommt.«

»Ja, darüber bin ich mir im Klaren und weiß, dass dieses Vorgehen nur in besonderen Fällen genehmigt wird. Da es sich hier um eine Angestellte eines Botschafters aus Österreich handelt, bin ich mir sicher, die Genehmigung zu erhalten.«

Uwe Lemke:

»Lassen wir es darauf ankommen. Was haben wir schon zu verlieren. Allenfalls wird unsere Bitte abgelehnt.«

Das Ersuchen wurde umgehend gestellt.

Das Amtshilfeersuchen ging von der Keithstraße über die Staatsanwaltschaft zur Generalstaatsanwaltschaft und von hier über die Ständige Vertretung in Ostberlin zum Generalstaatsanwalt der DDR. Das Ersuchen wurde als berechtigt angesehen und die zuständige Dienststelle der Kriminalpolizei informiert.

Da es sich um eine Botschaftsangehörige handelte, wurde die Genehmigung erstaunlich schnell erteilt. Bereits drei Tage später lag das Amtshilfeersuchen in der Keibelstraße.

In der Keibelstraße übernahm Oberstleutnant Peter Stobbe die Zuarbeit an die Westkollegen. In diesem Moment dachte jeder der beiden Seiten nur kurz daran, dass sie unterschiedlichen Lagern angehörten. Erstaunlicherweise zählte hier nur das Fachliche.

Ja, sie hätten eine weibliche Leiche, auf die die Beschreibung der Kollegen aus Westberlin zutraf. Es könnte die gesuchte Frau Moser sein. Fingerabdrücke, Fotos und Obduktionsbericht wurden umgehend nach Berlin-West übermittelt.

Kriwanek, der an der Besprechung teilnahm, lächelte triumphierend. Wie hatte sich Major Schmittke damals aufgeregt, als er vorschlug, die Kollegen in Westberlin zu informieren. Jetzt war es derselbe Schmittke, dem es nicht schnell genug ging, die Fakten zu übermitteln.

Im Landeskriminalamt verglichen sie die Fotos mit dem Foto im Ausweis von Frau Moser und erkannten, dass es sich um die Gesuchte handelte. Das teilten sie sofort den Kollegen in der Keibelstraße mit.

Major Buhlan wollte absolut sichergehen und schlug vor, dass der Botschafter oder dessen Frau die Leiche identifizieren sollten.

Der Anruf bei der Botschaft ergab jedoch, dass weder der Botschafter noch seine Gattin gewillt waren, sich die Leiche anzusehen. Sie meinten, ihr Fahrer, Herr Steiner, kenne Frau Moser genauso gut und wäre bereit zu kommen.

Doktor Pichler rief ihn zu sich und teilte ihm den Auftrag mit.

Steiner stand wie erstarrt da. Warum musste gerade er Marga identifizieren?

Er hatte in den zurückliegenden Tagen immer wieder ihr Gesicht vor sich gesehen.

Sein verzweifeltes Bemühen, es aus seinem Gedächtnis zu löschen, war vergebens.

Und jetzt sollte er …

Pichler merkte das Zögern und meinte beruhigend:

»Das schaffen Sie. Sie haben sie ja lange genug gekannt, da reicht ein kurzer Blick und Sie sind wieder draußen.«

Welche Gedanken in Steiners Kopf durcheinanderliefen, ahnte er nicht.

Buhlan war einverstanden, dass der Fahrer anstelle des Botschafters kommen würde.

Steiner fuhr mit gemischten Gefühlen zur Gerichtsmedizin in die Hannoversche Straße.

Sie führten ihn in den Kühlraum. Als er nickte, schlug der Pathologe das weiße Tuch von Margas Kopf zurück und Steiner musste sich sein getötetes Opfer ansehen.

Er weigerte sich, ihr ins Gesicht zu schauen. Deshalb richtete er seinen Blick etwas tiefer. Was er sah, erschreckte ihn umso mehr. Er entdeckte seine Würgemale an ihrem Hals, die sich deutlich verfärbt abzeichneten.

Sekundenlang hatte er das Gefühl, sein Kreislauf würde absacken, er schwanke etwas und hielt sich an der Bahre fest.

»Alles in Ordnung? Geht es wieder?«, erkundigte sich Buhlan.

Mit der jahrelang erworbenen Fähigkeit, kleinste Regungen in Gesichtern abzulesen, bemerkte er ein Zucken in Steiners Miene und dass er erbleichte.

Der fing sich wieder, richtete sich auf und bestätigte:

»Ja, das ist Frau Marga Moser. Ich erkenne sie.«

Danach verließ er fluchtartig die Pathologie.

Im Wagen würgte es in seiner Kehle und es brauchte einige Zeit, ehe er das Auto starten und zur Botschaft zurückfahren konnte.

Buhlan hatte die Aussage notiert und übermittelte die Identifizierung durch Herrn Steiner an die Keithstraße.

Er dachte noch länger über das offensichtliche Erschrecken in Steiners Gesicht nach und fragte sich, was der Grund dafür sein könnte.

Lutz Lange und Uwe Lemke schauten sich erstaunt an, weil die Unterlagen so schnell vorlagen.

»Da haben sich die Kollegen von drüben ganz schön beeilt«, freute sich Lange.

»Fragt sich nur, ob sie genauso flott den Fall aufklären«, erwiderte sein Gesprächspartner.

»Ich meine damit, sie müssen herausfinden, wie sie nach Ostberlin gekommen ist.«

»Ja, außerdem ist nicht geklärt, wo sie zu Tode gekommen ist.«

Nach der Identifizierung durch Steiner war eindeutig erwiesen, dass es sich um die vermisste österreichische Staatsangehörige Marga Moser handelte.

»Wir wissen jetzt, wer die Tote ist, aber damit steht noch lange nicht fest, ob sie zu Hause getötet wurde oder erst in Ostberlin«, resümierte Lemke und dachte laut weiter:

»Gemäß Obduktion wurde sie erwürgt. Deshalb fanden wir kein Blut in der Wohnung.«

Lange:

»Wie ist sie aber dann nach drüben gekommen? Als Erwürgte wird sie wohl nicht mit der S-Bahn gefahren sein.«

»Du mit deinem schwarzen Humor«, rügte ihn sein Kollege.

Lange ging auf die Bemerkung nicht ein und äußerte:

»Einen Moment dachte ich daran, dass sie nach dem Streit zur Botschaft gefahren sein könnte, um dort Schutz zu suchen. Da ihr Auto jedoch vor dem Haus stand, hätte sie jemand mit einem Wagen nach drüben mitnehmen müssen, der wie sie über ein Dauervisum verfügte. Diese Möglichkeit entfällt aber ebenfalls, da ihr Visum in ihrer Handtasche in der Wohnung gefunden wurde.«

Lemke blätterte währenddessen im Bericht der Kollegen aus Ostberlin und las vor:

»Frau Moser trug nur ein leichtes Kleid. Ein wintertauglicher Mantel wurde nicht gefunden. Der rechte Schuh wies keine Spuren auf, die darauf hindeuteten, dass sie zu Fuß, bei diesem Schneematsch, unterwegs war. Daher liegt es nahe, dass sie in Westberlin ums Leben kam und dann zum Fundort verbracht wurde. Auf welchem Weg sie an die Spree gelangte, ist nicht geklärt. Ein weiterer Hinweis ist ihr Dauervisum, das nicht bei ihr gefunden wurde, sondern, wie uns mitgeteilt wurde, in ihrer Berliner Wohnung lag.«

Lange daraufhin:

»Damit sind die Kollegen von drüben fein raus. Die weiteren Ermittlungen bleiben somit an uns hängen. Ich denke, wir sollten umgehend die Leiche nach Westberlin überführen lassen. Einen Punkt hatte ich vergessen, dir mitzuteilen. Die Fingerabdrücke der zweiten Person aus der Wohnung haben keinen Treffer in der Kartei erbracht.«

Tage vergingen mit dem vergeblichen Ersuchen, die Leiche nach Westberlin zu überstellen. Erst als der österreichische Botschafter persönlich bei der DDR-Regierung vorstellig wurde, um zu erreichen, dass die Frau zur Beerdigung in die Heimat überführt werden kann, gaben die Kollegen in der Keibelstraße nach. Sie waren erleichtert, dass der Mord vermutlich nicht in Ostberlin stattgefunden hatte. Ganz waren sie aus der Sache aber noch nicht raus. Die Ermittlungen liefen weiter, weil nicht geklärt war, wie die Tote nach Ostberlin ans Spreeufer verbracht wurde. In der Keithstraße überlegte man, ob eine zweite Obduktion nötig wäre. Von der Botschaft kam hierzu ein eindeutiges Nein. Die Ergebnisse der Pathologen aus der

Hannoverschen Straße waren als ausreichend zu betrachten.

Nach mehreren Telefonaten wurde entschieden, dass ein Bestattungsunternehmen aus Ostberlin die Leiche bis zum Grenzübergang bringen sollte. Dort würde die Übergabe an ein Westberliner Unternehmen erfolgen, das dann den Weitertransport nach Österreich übernahm.

In der Keibelstraße ging es jetzt darum, Näheres über Frau Moser herauszufinden.

Die Ergebnisse der weiteren Ermittlungen könnten den Kollegen in Westberlin weiterhelfen, den Täter zu ermitteln.

Hauptmann Werner Buhlan:

»Genossen, wie wir jetzt wissen, hat Frau Moser in der österreichischen Botschaft gearbeitet. Ich schlage vor, dem Botschafter einen Besuch abzustatten. Unsere Bitte muss sorgfältig formuliert und vorbereitet werden. Immerhin ersuchen wir um Zutritt auf das Gelände einer Botschaft. Hoffen wir, dass der Missionschef uns die Erlaubnis erteilt.

Wir sollten als Begründung angeben, dass die näheren Lebensumstände von Frau Moser für uns von Aussagekraft sein könnten.«

Nach Absegnung der Bitte durch das Ministerium und Zustimmung durch den Missionschef, betraten Major Hans Schmittke und Hauptmann Werner Buhlan die Botschaft.

Eine Angestellte informierte den Botschafter Doktor Pichler vom Besuch der Kripo.

»Bittens die Kiberer in den Salon. Sie möchten bittschön einen Moment warten.«

Pichler benutzte den etwas abwertenden österreichischen Ausdruck für die Kriminalbeamten.

Der Botschafter rief Steiner an und bat ihn, in den Salon zu kommen. Beide betraten den Raum und stellten sich vor.

»Bitte nehmen Sie doch Platz«, forderte sie der Botschafter auf.

»Danke, aber wir stehen lieber«, erwiderte Schmittke.

Er stellte einige Fragen zum Tagesablauf der Sekretärin. Buhlan machte sich Notizen. Er schaute plötzlich von seinem Notizblock hoch und wandte sich an Steiner:

»Haben Sie die Kollegin manches Mal mit dem Botschaftswagen abgeholt und zurückgefahren?«

Die Frage kam so unvermittelt, dass Steiner Buhlan fast erschrocken ansah, ehe er antwortete:

»Ja, das kam ab und zu vor. Das letzte Mal war vor einiger Zeit, als sich Frau Moser den Knöchel verstaucht hatte. Danach ist sie wie stets mit ihrem eigenen Auto zur Arbeit gekommen.«

Buhlan gab nicht so schnell auf und bohrte weiter:

»Der Zeitpunkt des Todes von Frau Moser wurde vom zwölften Januar auf den dreizehnten Januar in der Nacht bestimmt. Wo haben Sie sich in dieser Nacht aufgehalten?«

Der Botschafter schaute erstaunt auf den Kriminalisten, als wollte er fragen, warum stellen Sie Herrn Steiner diese Frage? Schwieg aber und wartete auf Steiners Antwort.

Wenn Buhlan dachte, dass die plötzliche Frage Steiner verunsichern würde, hatte er sich getäuscht.

Der Fahrer hatte seit Längerem damit gerechnet, nach seinem Alibi gefragt zu werden und sich entsprechend abgesichert.

Ohne ein Zeichen der Unsicherheit schaute er Buhlan an und erklärte:

»Die Herrschaften sahen sich am zwölften Januar eine Vorstellung in der Deutschen Oper an. Nachdem ich sie gegen neunzehn Uhr abgesetzt hatte, habe ich den Wagen in der Nähe geparkt und bin zu Fuß in die ‚Paris-Bar‘ gegangen. Dort blieb ich bis zum Zeitpunkt, wo ich die Herrschaften wieder abholen sollte. Ich lief zurück zum Opernhaus. Das war etwa gegen zweiundzwanzig Uhr. Das Ehepaar wollte den Abend bei einem Glas Wein ausklingen lassen und schlug vor, zu ‚Hardy an der Oper‘ zu laufen. Netterweise luden sie mich ein, mitzukommen. Als die Herrschaften nach Hause wollten, holte ich den Wagen und wir fuhren zum Grenzübergang Friedrichstraße. Es muss so gegen eins gewesen sein. Dann bin ich schlafen gegangen.«

Buhlan bedankte sich und schrieb die Aussage wortwörtlich in seinen Notizblock.

Nach bedauernden Worten über den Tod von Frau Moser verließen die beiden die Botschaft.

Steiner atmete auf.

Buhlan ließ sich von den West-Kollegen in der Keithstraße nachweisen, dass Steiner in der angegebenen Zeit in der Bar war. Dort konnte man sich sogar sehr gut an ihn erinnern, weil er einen Streit mit einem anderen Gast angefangen hatte und sie kurz davor waren, ihn rauszuwerfen. Wann er genau gekommen war, konnte leider niemand sagen.

Was aber weder die Polizei in Westberlin noch die in Ostberlin ahnte, war Folgendes:

Steiner hatte nicht, wie er Buhlan erzählt hatte, den Wagen an der Oper geparkt, sondern war umgehend zu Frau Moser in die nahe Schlüterstraße gefahren. Er erwürgte sie nach dem Streit, hatte sie in den Kofferraum gelegt und war dann erst zur ‚Paris-Bar‘ gestartet.

Nach dem Barbesuch fuhr er mit dem Auto zur Oper, um den Botschafter und seine Gattin abzuholen. Die Grenze in der Friedrichstraße passierte das Fahrzeug kurz nach eins in der Nacht. Da der Wagen der Botschaft allen Grenzern bekannt war, schaute der zuständige Mann nicht auf den Röntgenschirm, der versteckte Personen im Auto sichtbar machte.

So gelangte das Opfer ungesehen nach Ostberlin.

In der Zentrale angekommen, hatte Buhlan urplötzlich eine Idee.

»Genosse Schmittke, mein Bauchgefühl sagt mir, wir sollten mehr über den Fahrer des Botschafters herausfinden. Immerhin ist er der Einzige, außer dem Botschaftsehepaar, der problemlos unsere Grenze passieren kann.«

Schmittke überlegte kurz und stimmte dann zu:

»Gute Idee, ich werde die Kollegen von der anderen Seite um die Fingerabdrücke von Steiner bitten, sofern sie dort vorliegen.«

Am nächsten Tag lag ein Telefax mit den Angaben vor. In dem Text wurde darauf hingewiesen, dass es sich bei den übermittelten Abdrücken um Fingerabdrücke handelte, die in der Wohnung der Toten gefunden und bisher nicht zugeordnet werden konnten. Von Steiner lägen keine Fingerabdrücke im System vor.

»Sieh mal an«, sinnierte Buhlan, »jetzt liegt es an uns, die Abdrücke von Steiner zu besorgen. Fragt sich nur, wie wir an diese gelangen. Ihn darum zu bitten, gäbe sofort Ärger mit der Botschaft.«

Buhlan rief einen Kollegen vom Spurendienst an:

»Sag mal, Genosse, könnt ihr uns helfen, auch Spuren zu besorgen?«

»Wäre ja mal etwas anderes, als nur vorhandene auszuwerten«, kam die Antwort.

Der Angerufene ließ sich erklären, worum es ging und von wem die Fingerabdrücke besorgt werden sollten.

Dann hörte Buhlan ihn sagen:

»Hab schon eine Idee. Ich melde mich, wenn ich die Abdrücke habe.«

Etwas später hatten sie, was sie benötigten. Ein Kollege hatte in der Nacht eine leere, absolut saubere Bierflasche auf den Kühler des Botschaftswagens gestellt. Wie gehofft, kam Steiner am Morgen zum Wagen, sah die Flasche, nahm sie und stellte sie an die Hauswand. Er schaute kurz auf die Kühlerhaube, ob da nicht ein Kratzer oder eine Delle zu sehen war. Alles in Ordnung. Der Spurensicherer wartete versteckt, um sicher zu sein, dass nur Steiner die Flasche angefasst hatte. Kaum war er vom Hof gefahren, sicherte sich der Kollege die Flasche und brachte sie zur Spurensicherung. Am selben Tag riefen sie zurück und bestätigten, dass sie auf der Bierflasche die Fingerabdrücke von nur einer Person und damit von Steiner fanden.

Die gesicherten Fingerabdrücke Steiners beabsichtigten sie erst in den nächsten Tagen nach Westberlin zu übermitteln. Ein fataler Fehler. Sie waren der Meinung, es eile nicht, da es vordringlicher wäre, herauszufinden, wie Frau Mosers Leiche nach Ostberlin gekommen war.

-15-

Einen Tag später bat Oberstleutnant Peter Stobbe die Kollegen zu einer Sondersitzung.

Ohne einleitende Worte begann er:

»Genosse Kriwanek hat mich gefragt, ob der auf Frau Moser angesetzte Liebhaber mit dem Decknamen ‚Leonardo' zu diesem Fall gehört wurde?«

Verblüfftes Schweigen in der Runde. Von der geheimen Aktion, die Sekretärin der österreichischen Botschaft durch einen Geliebten zum Ausplaudern von Botschaftsinterna zu bewegen, hatte niemand etwas gewusst. Allgemeines Kopfschütteln.

Stobbe, ungehalten über diese Nachlässigkeit:

»Genosse Buhlan, du wirst noch heute Leonardo, oder wie er sonst heißt, bitten, sich morgen für eine Befragung Zeit zu nehmen.

Am späten Nachmittag klingelte das Telefon bei Stobbe.

»Genosse Stobbe, ich war bei der angegebenen Adresse und habe Leonardo nicht angetroffen. Ein Mieter berichtete mir auf meine Nachfrage, dass er den Mann seit zwei Tagen nicht gesehen hätte. Vielleicht sollten wir uns nicht nur auf den Steiner festlegen. Immerhin traf sich Leonardo, so wurde mir von der zuständigen Abteilung mitgeteilt, mit Frau Moser bei uns in Ostberlin und ihre Leiche wurde ebenfalls hier gefunden.«

Einen Moment herrschte Schweigen auf der anderen Seite, dann ordnete Stobbe an:

»Sofort alle Maßnahmen ergreifen, um den Mann zu finden. Ich werde mich mit der Hauptabteilung für Aufklärung, die Leonardo eingesetzt hat, umgehend in Verbindung setzen. Vielleicht wissen die, wo er sich aufhält.«

Sie wussten es.

Am späten Abend klingelte es an der Wohnungstür einer Mieterin in Friedrichshain. Nachdem sie geöffnet hatte, befahl der eine der beiden Männer, der geklingelt hatte:

»Ihr Bekannter muss uns begleiten. Holen Sie ihn bitte.« Aus der Schlafzimmertür zeigte sich der schwarzgelockte Kopf Leonardos. Er hatte die Worte gehört und durch die leicht geöffnete Tür

141

des Schlafzimmers die beiden Männer mit den langen Mänteln gesehen. In diesem Moment erging es ihm wie den vielen anderen, die wussten, man kam, sie abzuholen. Ein leichtes Unwohlsein breitete sich in seinem Magen aus. Was wollten die Genossen von ihm? Was hatte er falsch gemacht? Sein permanent schlechtes Gewissen ließ diese Fragen sofort in ihm aufsteigen.

»Beeilen Sie sich, oder sollen wir nachhelfen?«, schnauzte einer der Besucher. In diesem Moment war der Angeredete nur ein Mann, der zum Verhör gebracht werden sollte. Keine Spur einer kollegialen Rücksichtnahme. Dienst ist Dienst. Wer weiß, was er auf dem Kerbholz hatte, und weshalb man ihn zur Befragung mitnehmen sollte. Nachdem er sich angezogen hatte, nahmen sie ihn in die Mitte und ließen ihn in den Wagen einsteigen. Auf seine Frage, worum es ginge, zuckten sie nur mit den Schultern.

Gegen einundzwanzig Uhr saß Leonardo in einem Verhörzimmer auf einem Stuhl vor einem kleinen Tisch. Von der anderen Seite des Tisches blickten ihn Buhlan und Kriwanek prüfend an.

»So, Genosse, wir haben ein paar Fragen zu deinem Aufenthalt in der Nacht vom zwölften zum dreizehnten Januar. Wo hast du dich in den beiden Tagen aufgehalten? Bitte erinnere dich genau, es kommt auf jede Kleinigkeit an.«

Als er vorsichtig zurückfragte, warum er hierhergebracht und verhört wurde, entgegnete Kriwanek kurz und bündig:

»Weil wir einen Mörder suchen.«

Leonardo zuckte sichtlich zusammen und dann stieß er nach Atem ringend hervor:

»Aber was wollt ihr denn da von mir?«

»Wir stellen hier die Fragen«, knurrte Buhlan. »Fang schon an zu erzählen.«

Kriwanek war Kriminalist aus Überzeugung. Kollegen, die Informationen beschafften, indem sie gutgläubigen Frauen ihre Liebe vorgaukelten, verabscheute er zutiefst.

Stockend, weil immer noch erschüttert, dass er hier als Kollege vor Kollegen saß und sich rechtfertigen musste, versuchte Leonardo seinen Aufenthalt in der fraglichen Zeit so genau wie möglich nachzuvollziehen.

Kriwanek stellte Zwischenfragen, während Buhlan das Aufzeichnungsgerät bediente. Leonardos schüchterne Bitte, ob er rauchen dürfte, wurde ihm brüsk verweigert, ebenso wie die Frage nach einem Glas Wasser. Nach zwei Stunden war die Befragung zu Ende, in der Leonardo erfuhr, dass es sich um die Zielperson handelte, auf die er angesetzt war. Erschöpft von der Fragerei wagte er sich vom Verdacht, sie ermordet zu haben zu befreien, indem er argumentierte:

»Genossen. Mein Auftrag lautete, Frau Moser in mich verliebt zu machen. Später sollte ich sie dazu bringen, mir Interna aus der Botschaft zu besorgen. Warum sollte ich sie töten? Damit hätte ich den wichtigen Auftrag nicht erfüllt.«

Buhlan und Kriwanek gingen auf die Worte nicht ein, sondern Buhlan sagte mit Nachdruck:

»Für heute ist erst einmal Schluss. Es kann sein, dass wir dich noch einmal befragen müssen, also halte dich zu unserer Verfügung.«

Grußlos verließen sie den Raum und Leonardo schlich, sichtlich mitgenommen von dem Erlebten, nach Hause.

Baumann dachte an einen Plan, den er Steiner noch nicht mitgeteilt hatte. Mit der vereinbarten Geldsumme sollte ihn der Mann, versteckt im Kofferraum des Botschaftswagens, über die Grenze bringen.

Dieser Plan hatte sich recht früh in seinem Gehirn eingenistet. Das erste Mal kam ihm der Gedanke, als er hörte, wie viel Westgeld er bekäme, gelänge der Coup. Was könnte er schon hier in der Ostzone damit anfangen, überlegte er. Vielleicht fiele es sogar auf, wenn er so eine Menge Westgeld besäße. Wie sollte er die Herkunft erklären? Nur kurz dachte er dabei an Jana, die er dann ohne große Gewissensbisse zurückließe. Zwei Personen über die Grenze zu schmuggeln, das wäre zu riskant, redete er sich ein. Jana sollte zusehen, wie sie mit ihrem Geld zurechtkäme.

Für die Geldübergabe an Baumann wurde vereinbart, dass sich Steiner, mit seinem Privatwagen, und Baumann auf dem Parkplatz vom Flughafen Schönefeld trafen. Die Autos müssten möglichst nebeneinander parken. Eine Plastiktüte von ‚Interflug' mit dem Geld sollte zwischen beiden Wagen deponiert werden, sodass keine Einsicht von außen möglich wäre. Die Tüte nähme Baumann ungesehen in sein Auto. Der Termin wurde beim letzten Zusammentreffen fest auf den fünfundzwanzigsten Januar um neunzehn Uhr festgelegt. Sollte Steiner nicht auf dem Parkplatz Schönefeld auftauchen, müssten alle Verbindungen sofort abgebrochen werden. Es läge dann nahe, dass das MfS Wind von der Aktion bekommen hätte. Steiner wäre sicher vor einer Verhaftung, solange er sich in der Botschaft befände, aber Baumann und die Laborantin müssten umgehend mit ihrer Festnahme rechnen.

Am fünfundzwanzigsten Januar parkte Baumann den Wagen an einer Stelle, an dem ein Parkplatz auf der Fahrerseite frei war. Es war dunkel und er fürchtete, Steiner könnte sein Auto nicht entdecken. Es war bereits neunzehn Uhr und zwanzig Minuten. Er wurde nervös und entschloss sich, um neunzehn Uhr und dreißig Minuten zu verschwinden, in der Hoffnung, dass Steiner nur im Verkehr stecken geblieben war. Er bemerkte mit Schrecken, wie seine Hände feucht wurden und ein Zittern durch seinen Körper lief. Neunzehn Uhr und dreißig. Er startete den Wagen. In diesem Moment tauchten Scheinwerfer auf und kamen direkt auf ihn zu. War es die Polizei oder Steiner?

Er schloss die Augen und wartete auf das, was da auf ihn zukam. Es war Steiner. Er atmete auf, ließ den Motor aber laufen. Seitwärts öffnete sich die Fahrertür und er erkannte im Licht der Innenbeleuchtung den Fahrer, der wie vereinbart die pralle Plastiktüte auf den Boden neben sein Auto legte. Der Überbringer klappte die Tür wieder zu und verschwand, ohne ein Wort mit ihm gewechselt zu haben. Baumann hatte die Tragetasche sofort in seinen Wagen gezogen und sich beeilt, vom Parkplatz zu verschwinden. Zu Hause angekommen, riss er nervös die Tüte auf und fand die vereinbarte Summe mehrfach eingewickelt und in kleinen Scheinen vor. So viel Westgeld, er konnte es kaum fassen. Erleichtert atmete er auf.

Mehrmals zählte er den Betrag nach und er stellte sich vor, wie er in Westberlin in ein Autohaus ginge und sich einen Wagen aussuchte. Seufzend verpackte er das Geld wieder und verwahrte es sorgfältig in seinem Versteck, dem Aschekasten des Kachelofens.

Am Samstag derselben Woche fand Baumann keinen Schlaf. Er wälzte sich im Bett hin und her und langsam, aber immer stärker stieg Panik in ihm auf. Worauf hatte er sich nur eingelassen in seiner Geldgier? Er wusste, wie perfekt die Überwachung der Bürger durch das MfS war und zitterte nun bei jedem noch so leisen Geräusch vor seiner Wohnung. Gleich würde es an der Tür läuten und die Herren in den langen Mänteln bäten ihn zu einer Befragung. Am Sonntag in aller Frühe fuhr er zu einer Telefonzelle und klingelte Steiner aus dem Bett.

»Sind Sie verrückt geworden«, fluchte Steiner. »Erstens hatten wir besprochen, dass Sie sich nie wieder hier melden sollten und zweitens was ist der Grund Ihres Anrufs?«

»Ich habe das Gefühl, wir werden von der Stasi beobachtet«, flüsterte Baumann, als ob ihn jemand hörte. »Ich muss spätestens morgen über die Grenze. Dafür werde ich in der Nacht von Sonntag zu Montag unten bei den Garagen warten.

Sie müssen mich dann im Kofferraum durch die Kontrolle bringen.«

Steiner, der sonst alles kühl und sachlich abwägte, wurde in diesem Moment ebenfalls unruhig, meinte aber, er wäre in der Botschaft sicher und Baumann solle zusehen, wie er ohne ihn in den Westen gelangte.

»Kommt nicht infrage«, flüsterte dieser zurück. »Ich werde einen Teufel tun und mich Ihretwegen in Gefahr begeben.«

Einen Augenblick war es still auf der anderen Seite, dann hörte Steiner die gehetzt klingende Stimme Baumanns:

»Wenn Sie mich morgen nicht über die Grenze bringen, ist mir alles egal und ich rufe in der Keibelstraße an und erzähle der Polizei, wie Sie in die Sache verstrickt sind. Sie können sicher sein, dass Sie dann umgehend verhaftet werden. Spätestens, wenn Sie versuchen, mit dem Botschaftswagen über die Grenze zu kommen.«

Baumanns Stimme klang so entnervt, dass er ihm den Verrat in diesem Moment zutraute, auch wenn er selber dabei festgenommen würde.

Jetzt erkannte Steiner schlagartig, wie gefährlich die Situation sich entwickelt hatte. Blitzschnell überlegte er und entschloss sich, der Bitte nachzukommen und den Mann über die Grenze zu schleusen. Was könnte ihm schon passieren? Die Grenzorgane kannten den Wagen des Botschafters und ihn als Fahrer seit Langem. Er würde den Republikflüchtling drüben ausladen und sich später wieder zurück zur Botschaft begeben.

»Hallo, was ist nun?«, meldete sich Baumann erregt.

»Ja, geht in Ordnung. Heute um zwei Uhr in der Nacht komme ich nach unten und lasse Sie in den Kofferraum steigen. Vor acht Uhr werde ich nicht über die Grenze fahren, sonst fällt es auf, weil ich nie vor dieser Zeit nach Westberlin gefahren bin.«

Ein hörbares Aufatmen auf der anderen Seite und nur die Worte:

»Also dann bis heute Nacht um die vereinbarte Uhrzeit.« Klick, die Leitung war tot.

Steiner hielt noch den Hörer in der Hand, als ihn ein wahnwitziger Gedanke durch den Kopf schoss. Erst jetzt wurde es ihm bewusst, auf welches Risiko er sich eingelassen hatte, Baumann durch die Kontrollstelle zu schmuggeln. Eine andere Lösung, ihn loszuwerden, wäre, den Mann zu töten. Sobald er in dem Kofferraum läge, hätte er ihn in der Hand.

Er würde nicht zur Grenze fahren, sondern außerhalb der Stadt in den Wald. Weit genug von allen Häusern entfernt, sodass ein Schuss nicht auffiele. Die Idee gefiel ihm. Außerdem könnte er sich dann das Geld von Baumann selber aneignen. Doch schon im nächsten Moment zerplatzte der Plan wie eine Seifenblase. Erstens müsste er sich die Genehmigung vom Botschafter holen, um das Auto privat zu nutzen, und zweitens fiele das Diplomatenfahrzeug in der DDR auf. Sobald man den Toten gefunden hätte, könnte die Polizei durch Zeugenaussagen auf den Wagen aufmerksam werden. Es dauerte eine Weile, bis er die Idee als nicht durchführbar verwerfen musste. Enttäuscht beschloss er, das Wagnis einzugehen und den Mann nach Westberlin zu bringen. Steiner entschied sich, an diesem Tag seine Pistole mitzunehmen, die er als Personenschützer für den Botschafter besaß.

-17-

Ein kühler, regenverhangener Himmel über Berlin ließ die Menschen geduckter und eiliger als sonst durch die Straßen eilen. In den Pfützen spiegelten sich die Lichter der Straßenbeleuchtung. Am

Grenzübergang Friedrichstraße warteten vier Autos, die nach Ostberlin wollten. Ende Januar war es um diese Zeit noch recht dunkel. Die Grenzorgane standen fröstelnd unter dem Vordach der Abfertigungsbaracke. Zwei Wagen näherten sich, um auf die Westberliner Seite durchgelassen zu werden. Die Grenzpolizisten zeigten wenig Eile, sich zu bewegen. Wenn sie keine Lust hatten, und danach sah es heute aus, ließ man die Ausreisenden eben länger vor der roten Ampel stehen. Betont langsam, ihre Macht voll auskostend, traten sie an den nächsten Wagen heran, um sich die Papiere reichen zu lassen.

Gegen neun Uhr tauchte die schwarze Limousine des Botschafters auf. Der heimliche Überwacher, der die Fahrzeuge mit der Röntgenanlage auf versteckte Personen auf dem Bildschirm zu untersuchen hatte, schaute nicht hin, denn es gab keinen Grund, den Botschaftswagen zu kontrollieren.

Nun kam etwas mehr Eifer an der Grenzstelle auf. Die Spur für Diplomaten war frei und sofort wurde die Ampel auf Grün geschaltet, damit es keine Verzögerungen für den Fahrer gab.

Mit dem vorgeschriebenen langsamen Tempo rollte der Wagen an der Kontrollbaracke vorbei.

Wie sonst üblich, würde sich der Schlagbaum heben und das Fahrzeug in den Westen entlassen.

Steiner stutzte. Warum zum Teufel hob sich die Schranke nicht? Was konnte der Grund dafür sein? Sein Pulsschlag erhöhte sich sprunghaft und das erste Mal in seinem Leben befiel ihn ein unbeschreibliches Angstgefühl und presste ihm die Luft aus der Lunge. Hatte man ihn überwacht und wusste, dass im Kofferraum ein Flüchtling darauf wartete, in den Westen zu kommen?

Er schaute nervös in den Rückspiegel. Im Dämmerlicht erkannte er zwei Grenzpolizisten, die mit den Armen in der Luft herumfuchtelten. Das hieß, er sollte auf sie warten. Sein Atem kam stoßweise und er versuchte vergeblich, seine Aufregung unter Kontrolle zu bringen.

Er ließ das Fenster ein Stück herunter. Die Worte, die sie ihm von Weitem zuriefen, ließen ihn zusammenzucken. »Halt, steigen Sie bitte aus!« Sie hatten ihn.

Blitzschnell riss er die Tür auf, sprang aus dem Wagen und hetzte zum Schlagbaum. Er kroch darunter durch und hörte in diesem Moment die Worte der Verfolger:

»Halt, bleiben Sie stehen, sonst machen wir von der Schusswaffe Gebrauch!« Alarm wurde umgehend ausgelöst und zusätzliche Scheinwerfer tauchten den Grenzbereich in grelles Licht.

Auf der westlichen Kontrollstelle wurde man aufmerksam und Ferngläser richteten sich auf die Sperranlagen der DDR. Im Flutlicht stürzte ein Mann, im Zickzack hastend, auf die westliche Seite zu. Zwei ostdeutsche Grenzorgane waren ihm dicht auf den Fersen. Der Mann drehte sich während des Laufens kurz um und schoss mehrmals auf die Verfolger. Sie warfen sich zu Boden, um nicht getroffen zu werden. Fast hatte der Flüchtige die Markierung erreicht, die den Grenzverlauf anzeigte, als der Feuerstoß einer Kalaschnikow vom Wachturm aus die Stille der Nacht zerriss und ihn niederwarf. Steiners Schrei gellte durch das Morgengrauen. Querschläger prallten vom Pflaster ab, surrten über die Grenze und schlugen in die Wand eines Mietshauses ein. Auf der Westseite standen Polizisten mit Waffen in den Händen und waren sich unsicher, was zu tun sei. Die amerikanischen Militärpolizisten gingen hinter ihrem Postenhäuschen vom Checkpoint Charlie in Deckung. Die Scheinwerfer des Wachturms tauchten die makabre

Szene in gleißendes, erbarmungsloses Licht. Den Zuschauern stockte der Atem, denn plötzlich schien sich der leblose Körper noch einmal zu regen. Steiner stemmte den Oberkörper mit den Armen hoch und versuchte, sein rechtes Bein anzuziehen. Es gelang ihm noch, das rechte Knie nach vorne zu ziehen. Sein eiserner Wille wollte nicht aufgeben, aber er war zu schwer verwundet. Dann fiel er auf die linke Seite und rührte sich nicht mehr. Steiner war tot.

Noch lag er auf dem Gebiet der DDR und so gab es keine Möglichkeit, den Mann zu bergen. Die Scheinwerfer von der Ostseite wurden voll auf die Westgrenze gerichtet, um die Augenzeugen zu blenden. Vor der Grenzanlage tauchten in der Dunkelheit mehrere Uniformierte auf, packten den leblosen Körper und schleppten ihn, eine blutige Spur auf dem nassen Asphalt hinterlassend, zurück hinter die Grenzmauer. Die Scheinwerfer gingen aus, der Spuk war vorbei. Steiners Leben verlosch auf dem Pflaster vor der Grenze.

Der Botschaftswagen stand jetzt verlassen vor der Schranke. Offiziere der Volkspolizei fuhren vor und ließen sich berichten, was vorgefallen war. Der

Leiter der Grenzstelle, Oberst Zimmermann, forderte die Männer, die den Flüchtigen verfolgt hatten, auf, Meldung zu machen.

Einer meldete:

»Genosse Oberst, als der Wagen der Botschaft an uns vorbeirollte, bemerkten wir, dass das linke Rücklicht defekt war. Daraufhin ließen wir die Schranke geschlossen, um den Fahrer darauf hinzuweisen. Als er meinen Kollegen und mich auf den Wagen zukommen sah, riss er die Wagentür auf und flüchtete. Auf unsere Rufe, stehen zu bleiben, reagierte er nicht. Er drehte sich um und schoss auf uns. Zum Glück gingen die Schüsse daneben. Er hätte fast den westlichen Grenzübergang erreicht, als ihn die Geschosse aus dem Wachturm trafen und töteten.«

»Danke, Genosse. Ihren schriftlichen Bericht erwarten wir bis morgen auf der Dienststelle.«

Zwei Offiziere der Grenztruppen und ein Volkspolizist traten an den Wagen. Etwas ratlos schauten sie sich an und überlegten, was mit dem Fahrzeug weiter geschehen sollte.

»Zuerst müssen wir die Fahrbahn wieder frei bekommen«, ordnete einer der Offiziere an.

»Wir können doch nicht einfach den Wagen einer Botschaft wegfahren, ohne die Botschaft informiert zu haben. Ich möchte keine Scherereien deswegen riskieren«, widersprach der Kollege.

Man entschloss sich, die Botschaft anzurufen und in kurzen Sätzen das Vorgefallene zu schildern. Weiterhin bat man, den Wagen von der Straße fahren zu dürfen und sicherzustellen.

Nachdem sich Doktor Pichler vom Schock der Nachricht erholt hatte, gab er seine Zustimmung, das Auto zur Seite zu fahren. Ein Ersatzfahrer würde möglichst umgehend das Fahrzeug holen. Daraufhin wurde ihm mitgeteilt, dass zurzeit kein Fahrer benötigt werde, da der Wagen ein Tatwerkzeug sei und erst untersucht werden müsste.

Ein Polizist erbot sich, ihn wegzufahren. Mit sichtlicher Freude stieg er in den Mercedes 280 SE und parkte ihn ein Stück vom Grenzübergang entfernt in einem Schuppen. Er war im Begriff, das Tor zu schließen, als er vermeinte, ein Geräusch gehört zu haben. Er blieb stehen und lauschte. Da war es wieder. Es klang wie ein leises Hüsteln. Es schien aus Richtung des Wagens zu kommen. Ja, eindeutig, der Ton kam aus dem Kofferraum des Autos. Er wollte jetzt auf keinen Fall einen Fehler begehen und selber nachsehen. Deshalb eilte er zur Grenze zurück und berichtete:

»Genossen, ich glaube, im Kofferraum befindet sich jemand.«

Was für ein Tag, dachte sich der zuständige Leiter der Grenzstelle Oberst Zimmermann und begab sich mit drei Kollegen zum Schuppen, wo der Wagen stand.

Nach mehreren Versuchen, den richtigen Hebel zum Öffnen des Kofferraums zu finden, klappte der Deckel hoch.

Zusammengekauert, schwer atmend und erneut hustend entdeckten sie einen Mann nebst einer Tasche mit einer großen Menge Westgeld. So kurz vor der Freiheit fand die Flucht Baumanns ein jähes, absolut unerwartetes Ende. Er wurde sofort zum Verhör in die Normannenstraße gefahren. Das MfS übernahm umgehend die Untersuchung. Steiner war indessen im Leichenwagen auf dem Weg in die Hannoversche Straße, um obduziert zu werden.

In der Normannenstraße saßen Peter Stobbe und Hans Schmittke in Stobbes Büro, um den Vorfall am Grenzübergang zu besprechen.

»Das hätte nicht passieren dürfen«, legte Stobbe mit finsterem Blick los.

»Ich bin mir sicher, dass von oben bald unangenehme Frage auf uns zukommen werden«, stimmte Schmittke zu.

»Man wird uns fragen, wie Baumann im Kofferraum des Wagens von der Röntgenüberwachung übersehen werden konnte«, argwöhnte Stobbe, »da werden unsere Genossen am Grenzübergang einige peinliche Fragen beantworten müssen. Für die Genossen aus der Keibelstraße ist der Fall abgeschlossen. Sie werden jetzt sicher sein, dass auch die Leiche von Frau Moser auf diesem Weg zu uns über die Grenze gebracht wurde. In beiden Fällen war Steiner der Täter.«

Schmittke nickte verhalten und war anscheinend mit den Gedanken woanders.

»Da fällt mir etwas ein«, begann er unvermittelt. »Mag sein, dass der Mord für sie durch Steiners Tod gelöst erscheint. Bei gründlicher Betrachtung der Ermittlungen wird aber sicher jemand fragen, ob und wann die Genossen von der Kriminalpolizei die gesicherten Fingerabdrücke von Steiner an die Kollegen nach Westberlin übermittelt haben.«

»Und, warum sollte das im Nachhinein noch von Bedeutung sein?«, wunderte sich Stobbe.

»Das erkläre ich dir gerne«, meinte Schmittke. »Hätten sie die Abdrücke sofort in die Keithstraße gesandt, hätten die Kollegen von drüben erkannt, dass nur Steiner der Mörder sein konnte. Sie hätten uns sicher umgehend informiert, wir hätten Steiner festnehmen können und den Grenzzwischenfall mit seinem unrühmlichen Ende hätte es nicht gegeben.

Außerdem ist es dringend geboten, Baumann zu vernehmen, um herauszubekommen, warum der Steiner das Risiko auf sich genommen hat, ihn über die Grenze zu schleusen.«

»Ja, ja, hätte, hätte«, stimmte Stobbe nachdenklich zu, »aber hinterher ist man immer schlauer.«

-18-

In derselben Nacht begann das Verhör von Baumann. Oberstleutnant Stobbe ließ es sich nicht nehmen, die erste Befragung selbst durchzuführen. Neben ihm saß Major Schmittke am Vernehmungstisch.

Nach der Überprüfung der Personalien gab Baumann seinen Beruf als Fahrer für Doktor Mendel, dem Leiter eines pharmazeutischen Institutes, an. Diese Aussage genügte vorerst, da niemand der Verhörenden etwas von der geheimen Forschung an Dopingmitteln ahnte.

»Woher haben Sie so viel Westgeld? Warum hat sich Steiner darauf eingelassen, Ihnen bei der Republikflucht zu helfen? Wer wusste außerdem von Ihrem Plan? Hat Steiner weitere Personen über die Grenze gebracht?«

Der Verhörte schwieg eine Weile, Schmittke scharrte unruhig mit den Stiefeln unter dem Tisch und zündete sich eine neue Zigarette an.

»Nun, wir warten!«, ließ sich Stobbe vernehmen.

Baumann hatte den Schock seiner Entdeckung noch nicht verkraftet und antwortete erst nach einem Moment des Zögerns:

»Ich habe gedroht, ihn wegen der Forschungsergebnisse aus dem Institut an die Polizei zu verraten, wenn er mich nicht mitnimmt.«

»Was für Forschungsergebnisse?«, bohrte Stobbe nach und erwartete höchstens die neuesten Erkenntnisse über Pflegemittel wie Hautcremes oder Shampoos.

Baumann war klar, er würde den Verhörmethoden, die auf ihn warteten, nie und nimmer standhalten und antwortete mit ab und zu stockender Stimme:

»Über die geheimen Unterstützungsmittel zur Leistungssteigerung unserer Sportler. Ich habe sie, mithilfe meiner Bekannten, aus dem Institut entwendet und Steiner übergeben.«

Stobbe saß da und glotzte Baumann an, als hätte er gerade den nahenden Weltuntergang prophezeit.

Aus Geldgier hatte der Kerl das streng gehütete Staatsgeheimnis, die Dopingmittel, dem Klassenfeind zugespielt.

Schmittke ließ einen ächzenden Laut hören. Er meinte, sich verhört zu haben.

Schlagartig begriffen sie die Brisanz, die in der Aussage steckte. Wenn die Mittel bereits im Westen sein sollten, dann käme in der nächsten Zeit eine Lawine an Unannehmlichkeiten auf ihren Staat zugerollt.

Blitzschnell überlegte Schmittke, ob die geheimen Laborformeln und Proben noch im Botschaftswagen lagen.

»Befinden sich die Unterlagen noch im Botschaftswagen?«, kam die zuversichtliche Frage.

Mit den Worten:

»Nein, sie sind bereits im Westen«, zerstörte der Befragte die schwache Hoffnung.

Stobbe verdrehte enttäuscht die Augen.

Schmittke mit drohendem Unterton: »Erzählen Sie, wer Ihnen geholfen hat, das Mittel zu entwenden. Sie als Fahrer konnten sicher nicht in das gesicherte Labor gelangen.«

»Nein, deshalb habe ich eine Bekannte darum gebeten«, flüsterte Baumann.

»Sie können ihre Lage erleichtern«, lockte Stobbe, »wenn Sie uns sagen, wie Ihre Komplizin im Institut heißt, die das Mittel gestohlen hat.«

Sie ahnten, bisher nur an der Oberfläche einer größeren Sache gekratzt zu haben.

Um endlich in Ruhe gelassen zu werden, verriet Baumann seine Bekannte Jana Kroll.

»Wer ist die Frau Kroll und wieso konnte sie an die Mittel kommen?«

»Sie ist Laborassistentin und die rechte Hand von Doktor Mendel«, erklärte er und ergänzte: »Sie war alleine zuständig für die Abfüllung der Ampullen.«

Stobbe und Schmittke warteten einen Moment, um die Aussage zu verkraften, dann setzten sie die Befragung mit erhöhtem Druck fort.

»War Steiner in die Dopingaktion involviert?«

»Ja, er hatte mich bei der Jagd angesprochen.«

»Was für eine Jagd?«

»Na, die Diplomatenjagd unserer Regierung.«

»Was hat Steiner mit der Diplomatenjagd zu tun?«

»Er hat den österreichischen Botschafter gefahren.«

»Und weiter?«

»Er hat mich angesprochen und mir von einem Journalisten aus Westberlin erzählt, der über die Jagd schreiben sollte, aber nicht rechtzeitig die Genehmigung unserer Regierung dafür erhalten hatte. Er wollte mich gerne treffen.«

»Haben Sie sich etwa mit ihm getroffen?«

»Ja, wir trafen uns in der Autobahnraststätte Michendorf.«

Stobbe zuckte zusammen. Also in Michendorf in der Raststätte. Warum hatten die Kollegen, die dort die Gäste überwachen, nichts bemerkt? Danach würde er sich später erkundigen.

»Wie haben Sie sich erkannt?«

»Das Zeichen war ein Regenschirm auf dem Tisch.«

»Wie ging es weiter? Wie hieß der Mann?«

»Seinen Namen hat er nicht genannt. Er gab mir einen Umschlag, in dem er mir seine wahre Absicht erklärte. Ich sollte ihm das Dopingmittel aus dem Institut von Doktor Mendel besorgen.«

»Und Sie haben nicht sofort die Polizei informiert«, entrüstete sich Stobbe.

»Nein, ich habe lange überlegt, aber man versprach mir sehr viel Westgeld. Ich dachte, das wäre die einmalige Chance für ein besseres Leben.«

»Sie sind ein gewissenloses Subjekt«, rutschte es Schmittke heraus, der bis dahin atemlos zugehört hatte. Stobbe und Schmittke rauchten vor Aufregung eine Zigarette nach der anderen. Der kleine, fensterlose Raum war eine einzige Qualmwolke.

Baumann hustete, schaute kurz zu ihnen hin und bat um ein Glas Wasser. Beide Vernehmer schüttelten die Köpfe. Daraufhin fuhr Baumann enttäuscht fort:

»Da ich nicht an das Mittel herangekommen wäre, habe ich Frau Jana Kroll dazu überredet, die Proben zu entwenden. Sie wollte anfangs nicht, aber ich habe ihr gesagt, sie bekäme ebenfalls viel Westgeld und ich würde sie dann heiraten.«

»Hätten Sie denn Frau Kroll geheiratet?«

»Nein, das habe ich nur gesagt, damit sie einverstanden ist.«

Diese emotionale Kälte ließ selbst die beiden schonungslosen Verhörenden zusammenzucken.

»Weiter!«, fauchte ihn Stobbe an.

»Das Weitere wissen Sie ja bereits.«

»Wir möchten aber alles bis in die kleinste Einzelheit von Ihnen erfahren«, forderte ihn Schmittke ungeduldig auf. Baumanns rutschte auf dem Stuhl unruhig hin und her und auf seiner Stirn glänzten die ersten Schweißtropfen.

»Ja, dann habe ich plötzlich Angst bekommen und gedacht, es wäre besser, in den Westen zu flüchten.«

»Weiter!«

»Ich habe Steiner erpresst, und ihm gedroht alles zu verraten, wenn er mich nicht im Kofferraum nach drüben bringt.«

»Das Geschehen an der Grenze ist uns bekannt«, unterbrach Stobbe den Mann.

»Überlegen Sie noch einmal in Ruhe, ob Ihnen der Name des Journalisten, der hinter der ganzen Aktion steckt, nicht doch einfällt.«

»Nein, das weiß ich wirklich nicht. Ich habe Steiner danach gefragt, aber er meinte, es wäre besser für mich, den Namen nicht zu kennen.«

Stobbe drückte auf die Aus-Taste des Aufzeichnungsgerätes, gab Schmittke ein Zeichen und sie ließen Baumann zurück, der zusammengesunken mit gesenktem Kopf, auf seinem Stuhl kauerte.

Sie begaben sich in ein danebenliegendes Zimmer und setzten sich an den Tisch.

Stobbe kopfschüttelnd nach einer Weile:

»Ich kann es immer noch nicht fassen, was da abgelaufen ist. Ich bin ehrlich erschüttert. Du siehst, selbst die besten Kontrollen taugen nichts, wenn es um Geld geht. Jetzt gilt es für uns«, und damit meinte er Schmittke und sich, »möglichst ungeschoren aus der Sache herauszukommen. Vielleicht bringen uns die durch die Vernehmung aufgedeckten Wege, wie der Westen an das Mittel gekommen ist, einige Pluspunkte.«

Schmittke nickte ermüdet und gestand, er bräuchte jetzt einen Kaffee.

Nach zwei Stunden brachte ein Wachhabender Baumann in eine Zelle. Nur mühsam taumelte er zur Liege und brach auf ihr zusammen. Ausgelaugt, entnervt und sich seiner verzweifelten Lage voll bewusst, hatte er nur einen Wunsch: die Augen zu schließen und zu schlafen, um alles zu vergessen. Die grelle Lampe an der Decke ließ das nicht zu.

-19-

Dienstag.

Bentheim saß mit einer Kaffeetasse in der Hand in seinem Büro und überflog das Konzept für seinen nächsten Artikel, als Erwin Berg, ohne anzuklopfen, in den Raum platzte.

Bentheim schrak zusammen, sodass er ein wenig Kaffee verschüttete.

»Brennt das Haus?«, fragte er erstaunt.

»Nein, aber so etwas Ähnliches«, kam die Antwort.

»Nun sag schon, was dich so eilig zu mir treibt«, erkundigte er sich.

168

Der Kollege legte eine spannungsfördernde Pause ein, ehe er berichtete:

»Gestern am frühen Morgen haben die Grenzer von der Ostseite den Steiner erschossen.«

Bentheim setzte die Tasse vorsichtig auf den Tisch, lehnte sich zurück und forderte Berg auf, zu erzählen.

»Vorweg, unser Kollege, der über Polizeiarbeit und Verbrechen schreibt, ist zum Grenzübergang gefahren. Bisher ist nur bekannt, dass ein Mann auf den Checkpoint Charlie zurannte und nach Schüssen aus dem Wachturm anscheinend schwer verletzt oder tot im Grenzstreifen zusammenbrach. Er wurde von den DDR-Grenzern zurück hinter die Mauer geschleppt. Ein Polizist vom westlichen Kontrollpunkt hat Steiner im Licht der Scheinwerfer erkannt, da der oft den Übergang in der Friedrichstraße benutzt hat. Ein Ehepaar aus Westdeutschland, das zur selben Zeit von Ostberlin nach Westberlin die Sperre passieren wollte, hat berichtet, dass ein Mercedes mit CD-Kennzeichen am Heck von den Grenzern in einen Schuppen gefahren wurde. Sie haben Schüsse gehört und ihre Beobachtungen der Polizei am Checkpoint mitgeteilt.«

»Das ist ja ein tolles Ding!«, schnaufte Bentheim und erkundigte sich:»Gab es schon eine Stellungnahme von drüben?«

»Nein, eisernes Schweigen, wie immer.«

Nach einer Weile, Berg hatte sich zu ihm an den Tisch gesetzt, meinte Bentheim mit bedauerndem Unterton:

»Steiner war mir nicht sehr angenehm, aber auf diese Art zu sterben, das hat er nicht verdient. Ich muss ihm sogar dankbar sein, denn nur durch seine Mitarbeit ist es mir gelungen, den Dopingskandal aufzudecken. Vielleicht liegt etwas Tröstliches in diesem Ausgang. Wenn sie ihn durch einen Zufall geschnappt und ihm hätten nachweisen können, dass er an der Aufdeckung der Doping-Affäre beteiligt gewesen war, wäre er sicher zu vielen Jahren Haft verurteilt worden.«

»Ja, so kann man es auch sehen, aber möglicherweise hätte ihn der Westen eines Tages freigekauft oder gegen einen Ost-Spion ausgetauscht?«

»Das wäre alles denkbar. Für mich ist das Thema abgeschlossen.«

Berg raffte sich auf und rief mit einem Lachen im Hinausgehen:

»Wenn du mehr erfahren willst, kauf unsere Zeitung. Die Druckpressen laufen bereits. Im Moment nur mit bescheidenem Wissen über die genauen Zusammenhänge des Vorfalls.«

Boulevardblätter titelten am Dienstag reißerisch ‚Flüchtling an der Grenze zusammengeschossen', ‚Rücksichtsloser Gebrauch von Waffen im Grenzbereich – Geschosse schlagen in Westberliner Gebäude ein'.

Dem Kollegen aus der Redaktion gelang es, einen Touristen ausfindig zu machen, der am Montagmorgen nach Ostberlin gehen wollte und ein Foto von dem zusammengebrochenen Opfer geknipst hatte. Das Bild war zwar nicht gut gelungen, aber man konnte Steiner liegen sehen und im Hintergrund mehrere Personen erkennen.

Besonders das beweiskräftige Foto schreckte die Machthaber in Ostberlin auf. Sie waren gezwungen, sich einen überzeugenden Grund für den Vorfall mit Schusswaffengebrauch auszudenken. Es ging zu wie in einem aufgescheuchten Ameisenhaufen.

Alle Dienststellen wurden zur Mitarbeit aufgefordert, um Hintergründe aufzudecken.

Obgleich sie inzwischen wussten, dass Steiner mitgeholfen hatte, das Dopingmittel an den Westen auszuliefern, wollten sie dieses Thema aus gutem Grund nicht in ihren Medien erwähnen. Schlussendlich blieben als Rechtfertigung für die Schüsse nur die Vereitelung einer Republikflucht und Steiners Schusswaffeneinsatz auf die Grenzorgane übrig.

Am Mittwoch schrieb die DDR-Presse in einer knappen Mitteilung, dass der Getötete zu Fuß in den Westen fliehen wollte, weil sein Versuch, einem DDR-Bürger im Kofferraum zur Flucht zu verhelfen, gescheitert war. Über den zur Republikflucht entschlossenen Baumann stand kein weiteres Wort in dem Artikel.

Stobbe wusste, dass er sich absichern musste, denn das MfS hatte bei allen Aktivitäten die Federführung und rief die Kollegen der Kriminalpolizei in der Keibelstraße an.

»Genosse Buhlan, wann haben Sie die Fingerabdrücke an die Westberliner Kriminalpolizei übermittelt?«

Der zuckte zusammen. Verdammt, das hatten sie bisher nicht getan. Er gab zu, dass sie es versäumt hatten. Stobbe meinte, sich verhört zu haben.

»Genosse Buhlan, sind Sie denn von allen guten Geistern verlassen? Für diese Nachlässigkeit müssen Sie sich an höherer Stelle verantworten.«

»Wir werden die Fingerabdrücke sofort nach drüben übermitteln«, versprach der Gerügte mit hörbarer Unruhe in der Stimme und legte auf. Die Abdrücke waren der Beweis für die Kollegen aus der Keithstraße, dass Steiner der Mörder war. Die Akte konnte dort geschlossen werden, sobald die Fingerabdrücke vorlagen.

-20-

Inzwischen waren einige Tage vergangen und Bentheim arbeitete längst wieder in der Redaktion. Da die Dopingproben sorgfältig und mehrfach überprüft und mit den mitgelieferten Unterlagen verglichen waren, konnten sie es wagen, den Artikel erscheinen zu lassen.

Die montägliche Redaktionsbesprechung begann mit den einleitenden Worten Hausmanns:

»Jetzt, wo wir den Beweis für das kontrollierte Dopen von DDR-Sportlern besitzen, sollten wir den Artikel veröffentlichen. Ich bin mir sicher, dass die Enthüllung ein mittleres Erdbeben auslösen wird. Die DDR wird dadurch an den Pranger gestellt und die Siege ihrer Athleten verlieren an Aussagekraft. Für die Sportler selber tut es mir leid, aber wir sind gehalten, die Wahrheit zu berichten. Ein kleiner Wermutstropfen fällt jedoch auf die Geschichte. Wie ihr wisst, wird die DDR in diesem Jahr nicht an den Olympischen Spielen in den USA teilnehmen. Sie hat sich dem Boykott der Spiele, wie weitere sozialistische Staaten, angeschlossen. Der Grund für den Ausschluss der Sowjetunion von den Wettkämpfen durch die Amerikaner ist der Einmarsch der Russen in Afghanistan.

Sobald der Artikel raus ist, müssen wir uns auf ein heftiges Dementi der DDR-Regierung gefasst machen. Sie werden uns verleumderische Hetze, gefälschte Untersuchungsergebnisse und Neid auf die Erfolge ihrer Sportler vorwerfen. Ziel der sogenannten Enthüllungen sei allein, das Ansehen ihres Staates in Misskredit zu bringen.«

Kaum hatte Hausmann geendet, begann die Diskussion, welche Auswirkungen der Artikel für den

Verlag haben könnte. Erwin Berg befürchtete, dass sie für längere Zeit sicher keine Akkreditierung als Journalisten in der DDR erhalten würden.

Das DDR-Fernsehprogramm ‚Der schwarze Kanal' bekäme wieder einmal Stoff, um über die Bundesrepublik herzuziehen.

Bentheim warf ein:

»Ich denke, zuerst wird man mir den größten Teil der Schuld zuschieben.

Deshalb werde ich vorerst die Transitstrecke meiden und das Flugzeug nehmen. Die Gefahr, an der Grenze festgenommen zu werden, wäre zu groß.«

Hausmann verschaffte sich Gehör, indem er unüberhörbar rief:

»Alle Mann herhören, bitte«, und verkündete:

»Sämtliche Vorbereitungen treffen. Am nächsten Montag lassen wir die Bombe hochgehen und werden den Artikel als Aufmacher riesengroß auf der ersten Seite präsentieren. Die Schlagzeile lautet: ‚DDR-Sportler siegten nur durch Doping!' Untertitel: ‚Was sind ihre Olympiamedaillen wert?'«

Die Welt horchte auf. Medien rund um den Globus lechzten nach mehr Fakten. Journalisten belagerten das Verlagsgebäude. Die Reaktionen aus dem Ostblock klangen wie miteinander abgestimmt und schlossen sich im Wortlaut den wütenden Protesten der DDR-Regierung an.

Leserbriefe wurden körbeweise ins Haus geschleppt. Überwiegend fand die Enthüllung Zustimmung. Besonders aus der DDR kamen indes kritische Stimmen, die die Methode, wie der Westen an die Dopingproben herangekommen war, als westliches Gangstertum verurteilten. Die Linientreuen wussten, was sie zu schreiben hatten.

In vielen Stellungnahmen klang durch, dass das IOC die Kontrolle auf Doping nicht ausreichend durchgeführt hätte. Stimmen riefen nach schärferen Maßnahmen.

Man forderte sogar, dass die DDR-Sportler ihre Medaillen zurückgeben sollten.

21

Das vorauszusehende Unheil brach über die Funktionäre des DDR-Sports mit Urgewalt herein. Der Aufmacher in der Westberliner Zeitung ‚DDR-Sportler siegten nur durch Doping!' hatte die gleiche Wirkung wie ein Stich in ein Wespennest. Die Genossen schwirrten von innerer Unruhe und hektischem Diensteifer angetrieben durch die Flure. Die Telefonleitungen liefen heiß, Sitzungen wurden blitzschnell anberaumt und nach Schuldigen gefahndet. Panik breitete sich unter den Leitenden für den Sport aus. Wer hatte Schuld? Wo war das Leck im System? Wie konnte es passieren, dass Proben der so geheimen ‚UM' in die Hand des Klassenfeindes gelangten? Sofort wurden Verantwortliche gesucht und daraus resultierende personelle Maßnahmen erwogen. Misstrauen war gesät und jeder war bestrebt, sich unsichtbar zu machen.

Oberstleutnant Stobbe saß im Büro Major Schmittke und Hauptmann Buhlan gegenüber. Hauptmann Kriwanek hatte sich krankgemeldet.

Stobbe ließ seinen Blick über die beiden gleiten:

»Genossen, wir können das Geschehene nicht mehr rückgängig machen. Es liegt an uns, die Schweinerei schnellstmöglich aufzuklären und die Verantwortlichen der Justiz zuzuführen.« Sein Blick bohrte sich in Buhlans Augen, der dem Blick jedoch standhielt. Buhlan fühlte sich angesprochen und berichtete von den Fortschritten.

»Genosse Stobbe, was den Mord an Frau Moser angeht, gehen wir davon aus, dass es Steiner war. Der Vergleich der Fingerabdrücke von der Bierflasche, also die vom Fahrer Steiner, sind eindeutig identisch mit den Abdrücken, die in der Wohnung der Ermordeten in Westberlin gefunden wurden. Es ist deshalb davon auszugehen, dass er der Täter ist, beziehungsweise war. Steiner scheint sogar mit der Dopingangelegenheit zu tun gehabt zu haben.«

Stobbe: »Das hat Baumann beim ersten Verhör bereits angedeutet.«

Buhlan: »Das weiß ich aus Ihrem Bericht der Vernehmung, bei der ich leider nicht dabei sein durfte. Weiterhin habe ich gelesen, dass er auch seine Komplizin, die Frau Kroll, verraten hat. Die Sache wurde anscheinend von langer Hand vorbereitet.«

Das war eine kleine Spitze gegen die oft anmaßenden Alleingänge des MfS gegenüber der Kriminalpolizei.

»Ich sprach gestern mit Kollegen, die ein Auge auf die öffentlichen Veranstaltungen haben.«

»Und«, unterbrach Stobbe ungeduldig, wobei er die angedeutete Rüge des Genossen Buhlan geflissentlich überhörte.

»Nur langsam, Genosse«, wehrte er das erregte Gegenüber ab.

»Ihnen war der Wagen des österreichischen Botschafters aufgefallen, der vor dem Palast der Republik stand. Daraufhin versuchten sie, den Botschafter und seine Gattin im Zuschauerraum zu entdecken. Vergeblich. Da alle Personen, die für die Botschaft arbeiten, bei den Kollegen bekannt sind, fanden sie dafür den Fahrer Steiner in den hinteren Reihen. Berufsbedingt interessierten sie sich für die Zuschauer, die rechts und links von ihm saßen. Die Personen wurden bildlich gesichert und zur Auswertung gebracht. Die Frau rechts neben Steiner erwies sich als unwichtig, während der Mann links neben ihm sich als der Fahrer eines Dr. Mendel herausstellte.

Eine Akte über die österreichische Botschaft, wie von anderen Botschaften auch, lag vor. Ich habe sie mir kommen lassen und nach Sichtung fand sich ein Bericht über die Diplomatenjagd im November. Auf den beiliegenden Fotos waren Steiner und der Fahrer Baumann nebeneinander im Gespräch zu sehen. Zweimal Steiner und der Fahrer von Doktor Mendel? Das konnte kein Zufall sein. Unsere akribische Sammelwut von Daten scheint sich hier wieder einmal auszuzahlen.

Dadurch ist zu vermuten, dass sich Steiner über den Fahrer des Dr. Mendel Zugang zum Institut verschaffen wollte, um an die Dopingmittel zu gelangen.«

Was nützt die Sammelwut, wenn daraus keine Konsequenzen gezogen werden, dachte Buhlan.

Schmittke saß mit offenem Mund da und starrte Stobbe fassungslos an.

Selbst Stobbe schwieg einen Moment erschüttert über diese Zusammenhänge.

»Genosse Buhlan, alle Achtung. Es scheint, als ob wir der Lösung des Rätsels, wie das Dopingmittel in die Hände unserer Gegner gekommen ist, ein Stück näher gekommen sind.«

22

Doktor Mendel saß zusammengesunken in seinem Büro. Die Nachricht aus der Normannenstraße, dass seine Forschungsergebnisse dem Klassenfeind in die Hände gefallen waren, ließ ihn zusammenbrechen. Von einem Tag auf den anderen schien er um Jahre gealtert.

Nachdem Baumann ausgesagt hatte, fuhren mehrere Wagen der Volkspolizei und des MfS zum Institut. Frau Kroll war noch nicht gekommen, da ihr Dienst etwas später begann. Man wartete. Sie kam, sah die Polizeiwagen und wusste, das Spiel war aus. Zum Umkehren war keine Zeit mehr, da sie bereits gesehen wurde. Die Handschellen klickten. Im Einsatzwagen brach Jana in lautes Schluchzen aus. Die Tränen rannen über ihr Gesicht und hinterließen nasse Spuren auf ihrem Mantel. Die Bewacher kamen nicht auf die Idee, ihr die Fesseln abzunehmen, damit sie ihre Augen trocknen konnte.

Zwei Mann mussten Mendel stützen, als er zum Fahrzeug geschleppt wurde. Immer wieder knickten ihm die Beine weg.

Doktor Mendel und sie wurden umgehend in die Normannenstraße gebracht. Die Verhöre dauerten, ohne Pause für die Verhörten, bis in die späten Abendstunden. Nur die Verhörenden wechselten. Es stellte sich heraus, dass Doktor Mendel nichts mit der Sache zu tun hatte, und er durfte gehen. Man warf ihm jedoch vor, dem Diebstahl Vorschub geleistet zu haben. Auf seine verwunderte Frage warum, meinte man, er hätte in der Mittagspause die geheimen Unterlagen nicht im Konferenzzimmer offen liegen lassen dürfen. Bei Frau Jana Kroll hingegen würde die Anklage auf Verrat von Staatsgeheimnissen lauten.

-23-

Oberstleutnant Peter Stobbe und Major Hans Schmittke saßen in der MfS-Zentrale in der Normannenstraße zusammen und leckten sich die Wunden. Sie hatten sich den Zorn der Partei zugezogen, die sich vor aller Welt bloßgestellt sah, und in den Abteilungen die Verantwortlichen für die Katastrophe suchten.

Die Beteuerungen der Genossen, sie hätten alles Menschenmögliche unternommen, um zu verhin-

dern, dass der Westen an die Dopingmittel heran-
käme, milderte die explosive Stimmung nicht im
Geringsten. Alle Maßnahmen, die das MfS zur Si-
cherung der Dopingproduktion vorgesehen hatte,
waren durch eine kleine unbedeutende Laborantin
ad absurdum geführt worden. Der Mensch blieb
für das MfS eine unberechenbare Größe.

Eines war jetzt sicher, es würden Köpfe rollen.
Die beiden saßen zusammen, um einen Ausweg
aus ihrer misslichen Lage zu finden.

Mit: »Die Genossen der Keibelstraße werden
sich eins feixen«, eröffnete Schmittke das Gespräch.

»Wieso das?«

»Sie hatten den Fall mit der Leiche von der Botschaft und haben ihn, wenn auch mithilfe der Kripo
aus Westberlin, aufgeklärt. Unser Versagen konnte
man in der westlichen Presse nachlesen.«

Eine Weile herrschte Schweigen im Raum.

Stobbe zog an seiner Zigarette, blickte dem
Rauch nach und schlug unvermutet mit der flachen
Hand auf den Tisch, dass Schmittke zusammen-
zuckte.

»Ich hab's, Hans!«

»Was hast du?«

»Vielleicht die Lösung, womit wir uns leidlich aus der Affäre ziehen können.«

»Und wie soll das gehen?«, erkundigte sich Schmittke, erfreut über diese Aussicht.

»Wir müssen herausfinden, wen die Zeitung auf die Sache angesetzt hat.«

»Und dann?«

»Dann werden wir ihn zu uns nach Ostberlin locken und verhaften. Der Westen würde sich schwarzärgern, wenn wir den Verantwortlichen in einem Prozess vorführen.«

»Ich kann mir nicht vorstellen, dass er, egal wodurch, sich dazu verleiten lässt, freiwillig zu uns zu kommen. Er muss doch wissen, was ihn erwartet.«

Es entstand eine längere Pause, ehe Stobbe fortfuhr:

»Das habe ich mir gerade auch überlegt, aber dann greift eben Plan B.«

»Was für ein Plan B?«, wunderte sich Schmittke.

»Na, ganz einfach. Wir entführen denjenigen.«

»Du weißt nicht, was du da sagst«, regte sich Schmittke auf. »Der Aufschrei nach einer Entführung wäre sicher fast so laut wie der nach der Dopingenthüllung.«

»Aber unsere hätten dann die Genugtuung, dem Klassenfeind eins auszuwischen, und wir hätten unsere Haut gerettet.«

Wieder breitete sich Stille im Büro aus.

»Du meinst wirklich, wir sollten jemanden entführen?«, fragte Schmittke vorsichtig.

»Ja, genau das werden wir. Ich setze mich dieses Mal vorher mit unseren Verantwortlichen in den Abteilungen zusammen, damit wir im Falle eines Versagens von oben gedeckt sind. Außerdem brauchen wir Unterstützung von den Genossen für die Durchführung der Aktion. Wenn du einverstanden bist, treffen wir uns am Montag, um die abschließenden operativen Maßnahmen zu besprechen.«

Schmittke nickte zustimmend, gab allerdings zu bedenken:

»Hört sich alles ganz verlockend an, aber zuerst müssen wir herausbekommen, wer für den Dopingklau von drüben verantwortlich ist.«

»Genau das wird unsere vordringliche Aufgabe sein«, grinste Stobbe.

Stobbe und Schmittke hatten sich Kaffee geholt und saßen am nächsten Montag im Büro von Stobbe.

Nach den obligatorischen Fragen, wie das Wochenende war, begann Stobbe:

»Es war einfach, denjenigen zu ermitteln, der für die Schweinerei verantwortlich ist.«

»Wieso war das einfach?«, wunderte sich Schmittke.

Stobbe lachte laut auf:

»Wir denken zu kompliziert. Das bringt unsere Arbeit mit sich. Der Artikel wurde von einem Harry Bentheim geschrieben, der durchblicken ließ, dass er für die Beschaffung des Dopingmittels verantwortlich war. Unsere Zielperson heißt also Harry Bentheim.«

Schmittke gratulierte zu dem Erfolg, gab aber zu bedenken:

»Ich kann mir nicht vorstellen, dass der Bentheim so einfältig sein wird und sich zu uns locken lässt. Wie es aussieht, werden wir deinem Plan B nähertreten müssen.«

»Ja, das müssen wir auf alle Fälle«, bekräftigte Stobbe.

»Wie wollen wir vorgehen?«, erkundigte sich Schmittke.

»Zuerst ist es wichtig, dass die ganze Aktion nur mit einigen ausgewählten Kollegen vom Ministerium besprochen wird. Ginge die Sache schief, sollte der Schaden so gering wie möglich gehalten werden. Ich habe mit den Zuständigen Kontakt aufgenommen. Sie haben zugesagt, uns mit den erforderlichen Mitteln zu unterstützen.«

»Was ist der nächste Schritt?«, fragte Schmittke.

»Ich werde einen IM, der in Westberlin wohnt, darum bitten, das nähere Umfeld von Bentheim zu erkunden.«

»Ist das Risiko nicht zu groß, einen inoffiziellen Mitarbeiter von uns das herausfinden zu lassen?«

»Keineswegs, er muss sich die Vorzüge, in Westberlin zu leben, jetzt mal mit Arbeit verdienen«, wobei Stobbe in lautes Lachen ausbrach.

»Wann treffen wir uns wieder?«, wollte Schmittke wissen.

»Ich rufe dich an, sobald die Ergebnisse über Bentheim vorliegen.«

Nach zehn Tagen klingelte das Telefon in Schmittkes Dienstzimmer.

Es war Stobbe, der zur vereinbarten Besprechung bat. Schmittke war kaum ins Büro von Stobbe getreten, als der, voller Tatendrang, loslegte:

»Wir haben alles, was wir für eine Entführung an Informationen benötigen. Unser Mitarbeiter hat einen umfangreichen Bericht über Bentheim angefertigt. Die Einzelheiten über seinen Arbeitsplatz, sein privates Umfeld und seine Gewohnheiten sind akribisch aufgelistet. Es liegt jetzt an uns, den Tag, die Tageszeit und den Ort festzulegen, wo wir zuschlagen werden. Wenn das feststeht, werden die Kollegen am Grenzübergang kurzfristig darüber informiert, einen bestimmten Wagen ohne Verzögerung durch die Sperre zu lassen.«

»Woher nehmen wir das Auto?«, ließ sich Schmittke hören.

»Das hat unser Mann bereits besorgt. Es ist ein gestohlenes Fahrzeug mit gefälschten Nummernschildern. Wie erwähnt, werden der Wagentyp und das Kfz-Kennzeichen den Kollegen an der Grenze rechtzeitig durchgegeben.«

Der März zeigte sich von seiner schönsten Seite. Hochsommergleich strahlte die Sonne und vertrieb das graue Wintergefühl.

Bentheim blieb dem Versprechen gegenüber seinem Boxtrainer treu und joggte jeden Tag vor der Arbeit brav durch den nahen Tiergarten. Von seiner Wohnung im Hansaviertel war das nur ein Katzensprung. Er spürte, seine Kondition hatte sich verbessert, aber reichte für mehrere Runden Sparring im Ring noch nicht aus. In den ersten Runden halfen ihm sein gutes Auge und die Routine von früher. Er hatte dem Gegner einige Wirkungstreffer verpasst und sich dessen Respekt verdient. Nach der vierten Runde hatte ihm sein weitaus jüngerer Sparringspartner so zugesetzt, dass er aufgab. Seine Lunge pfiff wie eine überanstrengte Dampflok und die Beine schienen aus Gummi zu sein.

»Harry, ich denke, du bist zwar auf dem richtigen Weg, aber zum Champion wird's wohl nicht reichen«, stichelte der Trainer Benno Kalisch.

»Das habe ich auch nicht vor zu werden«, keuchte Bentheim, »es reicht mir bereits, wenn ich ein paar mehr Sparringsrunden überstehe.«

Dann kletterte er, nicht sehr elegant, durch die Seile und entledigte sich der Sparringshandschuhe und des Kopfschutzes. Nachdem er ausgiebig geduscht hatte, saß er mit Benno in dessen Büro und stärkte sich mit einer Tasse Kaffee.

Benno schaute ihn prüfend an und lobte:

»Erstaunlich, wie nach der verhältnismäßig kurzen Zeit deine Wampe verschwunden ist«, wobei er griente.

»Danke für die Blumen. Das Joggen und das Training fielen mir, ehrlich gesagt, leichter als befürchtet, aber der Verzicht auf meinen geliebten Cuba Libre kostete große Überwindung.

Inzwischen halte ich grünes Gemüse nicht mehr für Karnickelfutter, sondern finde langsam selber Geschmack daran. Das heißt keineswegs, dass ich ein gutes Steak nicht zu schätzen wüsste.«

»Übertreiben soll man nie, weder nach der einen noch nach der anderen Seite«, bekräftigte Benno. »Der Körper braucht ein gewisses Maß an Energie, die er sicher nicht ausschließlich durch grünen Salat erhält.«

Bentheim ergänzte: »Mach ich auch nicht, aber immerhin habe ich jetzt bereits eine Konfektionsgröße kleiner.«

Sie tranken weiter Kaffee, bis Benno begann:

»Nachdem dein Artikel über das Doping erschienen war, begannen die Diskussionen hier bei uns. Einige meinten, dass du die unehrlichen Methoden endlich aufgedeckt hast und die Leistungen der DDR-Sportler in einem anderen Licht gesehen werden. Es gab aber auch Gegenstimmen, die argumentierten, deine Aktion, sei sie noch so ehrenhaft gemeint, grenze an kriminelles Handeln. Hast du Ähnliches bei euch im Verlag erfahren?«

»Habe ich«, gab der Gefragte zu. »Bei uns kamen die negativen Kommentare von zwei Kollegen aus der eigenen Redaktion, die bisher mit ihren Artikeln keine große Beachtung fanden. Ich denke, hier war der Neid auf meinen Erfolg der Ursprung für ihre Ablehnung. Das kümmert mich nicht.

Eher … «, er brach ab und starrte schweigend in die Kaffeetasse.

»Rede schon, da ist doch etwas, was dir auf der Seele liegt«, forderte ihn Benno auf.

»Ja, die Drohbriefe, die in nicht unerheblicher Zahl bei uns eintreffen. Sie ähneln sich in der Aussage, und zwar, dass mein Handeln kriminell wäre und ich vor ein Gericht gehörte. Wir haben festgestellt, dass die Schreiben überwiegend aus der DDR stammten.

Es gab Briefe, die mich körperlich oder sogar mit dem Tod bedrohten.«

»Wie ernst nimmst du diese Drohungen? Kannst du mit Hilfe vom Verlag rechnen?«

»Wohl kaum. Man würde sich zwar Sorgen machen, aber sie wüssten nicht, wie sie mir helfen könnten. Im Prinzip war das bereits die Aussage meines Chefs, bevor die Aktion gestartet wurde. Vor ein paar Tagen lag eine Zeitschrift der DDR auf meinem Schreibtisch, in der ein Artikel über die Entwendung des Dopingmittels durch mich berichtete, mit der Überschrift ‚Triumph eines Verbrechens'.«

Benno schnaufte aufgebracht:

»Dass die da drüben keine Freudentänze nach der Aufdeckung veranstalten werden, war klar, aber dass du mit dem Tod bedroht wirst, das geht zu weit. Wer weiß, wie ernst die Drohungen gemeint sind. Nimm sie bitte nicht auf die leichte Schulter.

Hast du dich mit der Polizei in Verbindung gesetzt?«

»Habe ich. Sie meinten, für eine Art Personenschutz hätten sie nicht ausreichend Personal.

Sicher werde ich ein bisschen mehr auf meine Umgebung achten, aber deshalb werde ich mich nicht in einem Mauseloch verkriechen. Die Zeit wird, so hoffe ich, dafür sorgen, dass sie drüben andere Probleme haben, als mich zu jagen.«

»Schön, dass du die Drohungen so gelassen nimmst, aber pass weiter gut auf dich auf«, riet Benno. Sie verabredeten die nächsten Trainingsrunden und Bentheim wandte sich heimwärts.

Zu Hause legte er die Beine hoch, nahm sich die Tageszeitung vor und gedachte bei einem Cuba Libre den Tag ausklingen zu lassen. Er stand auf und war im Begriff, sich die Flasche Rum der Marke Havanna Club aus der Bar zu holen, als er innehielt. War die Sucht nach dem Glas Rum mit Cola, was seine vereinfachte Version des Originalrezepts darstellte, so groß? Er schüttelte den Kopf über seine Schwäche, riss sich zusammen und stellte den Rum mit einem Seufzer wieder zurück. Was hatte er Benno versprochen? Eisernes Training!

Ein Bier musste genügen, dachte er und setzte sich mit der Flasche Pils, ohne Glas, in seinen Lieblingssessel.

Das Lesen klappte nicht so recht. Immer wieder schweiften seine Gedanken ab zu den Ereignissen der letzten Tage.

Er dachte an Steiner und dessen grausamen Tod. Sicher, er war ihm nicht sehr sympathisch, aber so ein Ende zu nehmen, das hätte er ihm nicht gewünscht.

Kurz schweiften die Gedanken zu Baumann und seiner Helferin Jana Kroll ab. Die Rollen, die sie im Geschehen spielten, waren zwar für den Erfolg ausschlaggebend, berührten ihn jedoch kaum, da er Frau Kroll nicht kannte und Baumann nur kurz getroffen hatte.

Mit sich und der Welt zufrieden, vertiefte er sich erneut in seine Lektüre.

-25-

Die Vorbereitungen für Bentheims Entführung waren abgeschlossen.

Stobbe und die wenigen Eingeweihten gingen den Plan mehrmals durch, um Schwachstellen zu entdecken. Sie fanden keine.

Die Spitzel hatten längst Bentheims Tagesablauf minutiös ermittelt. Das Joggen am frühen Morgen hielten sie für einen günstigen Zeitpunkt, um zuzuschlagen. Außerdem lag die Straße des 17. Juni nahe, sodass sie ihn problemlos ins Auto zerren konnten. Trotz seiner Wachsamkeit, hatte er nicht bemerkt, wie einige Jogger in seiner Nähe joggten und in den folgenden Tagen nicht wieder auftauchten.

Mitte März, an einem Freitag, lief Bentheim seine festgelegte Strecke. Es war früh, kalt und die Sonne schob gemächlich die ersten Strahlen über die Dächer Berlins. Die letzten Nebelschwaden begannen sich über den mit Raureif bedeckten Rasenflächen aufzulösen. Nur wenige Sportler hielten sich im Park auf. Mit seinen Gedanken war er bereits im Wochenende. Er freute sich besonders auf das Treffen mit seiner alten Liebe Eva-Maria. Sie war für ein paar Tage nach Berlin gekommen.
Die Zeit mit ihr würde kaum ausreichen, sich gegenseitig alle Ereignisse zu erzählen.

Wie aus dem Nichts tauchten im Dämmerlicht plötzlich zwei Männer vor ihm auf und versperrten ihm den Weg. Bentheim spürte instinktiv, sein Leben war in Gefahr und reagierte blitzschnell. Als sie sich auf ihn stürzten, ging er in boxerische Volldeckung und schlug dem ersten Mann einen trockenen rechten Haken gegen den Kinnwinkel, der darauf wie ein nasser Sack zusammensackte. Ehe er sich mit dem zweiten Angreifer befassen konnte, erhielt er einen kräftigen Schlag auf den Hinterkopf, der ihn sofort bewusstlos werden ließ. Der dritte Entführer hatte sich von hinten angeschlichen und ihn zu Boden geschlagen.

Zwei Männer lagen bewusstlos auf dem Weg und die beiden anderen mussten sich entscheiden. Ließen sie ihren Genossen liegen und nahmen Bentheim mit, oder ließen sie Bentheim zurück, um den Kameraden zu retten. Die Entscheidung fiel wie erwartet aus. Sie wuchteten Bentheim hoch und schleppten ihn in Richtung Straße, wo das Fahrzeug wartete. Es galt den Auftrag zu erfüllen. Der Kollege musste zusehen, wie er davonkam, wenn er wieder aufwachte.

Mühsam schleiften sie den Bewusstlosen durch die kahlen Büsche über den Gehweg bis zum Straßenrand. Der Wagen stand in Fahrtrichtung etwas zu weit weg und der Fahrer entdeckte die drei im Rückspiegel. Im Rückwärtsgang raste er heran und stoppte. Einer riss die hintere Autotür auf und gemeinsam mit dem Fahrer, der die Wagentür auf der anderen Seite aufgerissen hatte, zogen und schoben sie das Opfer auf den Rücksitz.

»Fahr endlich!«, brüllte einer der Entführer. Der Mann sprang hinter das Lenkrad und mit durchdrehenden Reifen schoss das Fahrzeug in Richtung der Grenzübergangsstelle Invalidenstraße. Die Personen in den vorüberfahrenden Autos konnten nicht sehen, wie Bentheim ins Auto gezogen wurde, da der Wagen die Sicht verdeckte.

Ganz unbemerkt blieb die Aktion dennoch nicht. Eine Frau, die ihren Hund Gassi führte, sah, wie der anscheinend betrunkene Mann in das Auto gezerrt wurde. Sie schüttelte missbilligend den Kopf und dachte, wie kann man nur so früh bereits so blau sein. Wahrscheinlich von gestern übrig. Sie rief den Hund und ging weiter.

Langsam kam Bentheim zu sich. Instinktiv verhielt er sich ruhig, denn im Aufwachen hörte er eine Stimme, die sich brüstete:

»Hat doch besser geklappt als gedacht.«

Worauf eine andere erwiderte:

»Und denkst du nicht an Herbert?« Wobei er den zurückgebliebenen Kollegen meinte.

»Nee, der ist gewitzt und kann sich selber helfen«, kam die emotionslose Antwort.

»Dem geht es wieder gut«, hörten sie den Fahrer rufen, der im Rückspiegel die Gestalt gesehen hatte, die auf dem Bürgersteig gestanden und heftig hinter ihnen hergewinkt hatte.

»Umdrehen ist nicht drin«, befahl der Offizier, der das Sagen hatte und schaute aus dem Rückfenster.

Sie hatten den großen Stern umrundet und bogen in den Spreeweg ein.

Bentheim fühlte sich wach genug, um das Schicksal in die eigenen Hände, besser in die eigenen Fäuste zu nehmen. Er saß in der Mitte zwischen den beiden Männern eingeklemmt und seine Bewegungsfreiheit war nicht groß. Trotzdem musste er es wagen.

Er spannte alle Muskeln an, schlug mit der linken Faust dem aus dem Rückfenster Schauenden heftig an das Kinn, sodass dessen Kopf gegen die Scheibe knallte.

Ehe einer der anderen reagierte, erhielt der Fahrer einen gewaltigen Faustschlag gegen die rechte

Halsseite, wobei der Kopf ebenfalls an die Scheibe schlug. Beim Zurückziehen des Armes rammte er den rechts neben ihm Sitzenden den Ellenbogen ins Gesicht. Der Angriff kam so überraschend, dass die Folgen entsprechend waren. Der Fahrer war leicht betäubt und er verriss das Steuer. Der Wagen kam von der Fahrbahn ab, fuhr eine Laterne an, drehte sich und stand quer auf dem Gehweg. Jetzt ging es ums Ganze, denn die beiden Männer hinten versuchten, ihn festzuhalten. Einer von ihnen zog eine Sprühflasche aus der Seitentasche der hinteren Tür. Bentheim ahnte, sie könnte eine Betäubungsflüssigkeit enthalten. Er entriss ihm die Flasche und drückte auf den Auslöseknopf. Der Strahl der Flüssigkeit traf den Mann im Gesicht, der daraufhin vor Schmerz aufbrüllte. Bentheim nutzte den Überraschungseffekt aus, griff an dem im Moment wehrlosen Entführer vorbei, erwischte den Griff der Tür und stieß sie auf. Schon spürte er die Hände des anderen Mitfahrers auf seinen Schultern. Ein letzter gewaltiger Stoß und der Mann, der die Flüssigkeit abbekommen hatte, stürzte aus dem Auto. Bentheim war wieder klar im Kopf, sprang aus dem Fahrzeug, stolperte über den liegenden Gegner, raffte sich auf und lief winkend mitten auf die Fahrbahn. Ein Taxifahrer meinte, er wollte ein Taxi haben und stoppte.

Zwei weitere Fahrzeuge hielten, weil das Taxi mitten auf der Fahrspur stand und den Weg versperrte. Bentheim schrie dem Fahrer zu:

»Hilfe, sie wollten mich entführen«, und zeigte auf das Auto, das in diesem Moment versuchte, vom Gehweg zu entkommen. Das Pech blieb den Agenten treu. Durch den Zusammenstoß mit der Laterne hatte sich der Kotflügel des rechten Vorderrades in den Reifen hineingebohrt, der die Luft verlor und diesen blockierte. Der Taxifahrer war geistesgegenwärtig und gab den Entführungsversuch an die Taxizentrale durch, mit der Bitte, sofort die Polizei zu informieren. Das Taxi stand mit offenen Türen da.

Die Fahrer der nachfolgenden Autos nahmen an, es hätte einen Unfall gegeben. Einige fuhren um die haltende Taxe herum weiter Richtung Innenstadt, während drei Wagen anhielten, um eventuell zu helfen.

Das erfolglose Entführungstrio stand sekundenlang wie erstarrt da, ehe es begriff, dass sie jetzt die Gejagten waren. Wie für derartige Situationen trainiert, versuchten sie in drei verschiedene Richtungen zu flüchten. Der Grenzübergang war zu weit entfernt und so verschwanden sie zurück in den Tiergarten. Der Mann, dessen Augen die große Ladung des unbekannten Mittels abbekommen hatte, sah alles verschwommen. Er orientierte sich Richtung Park und tappte unsicher dorthin. Bentheim war inzwischen wieder voll da und rief den Schaulustigen zu:

»Haltet den Mann, er ist einer der Entführer«, wobei er selber die Verfolgung aufnahm. Der Geblendete kam nicht weit. Zwei Jogger, die im Park die Rufe gehört hatten, stellten sich ihm in den Weg und hielten ihn fest. Von Weitem hörten sie Polizeisirenen. Der erste Streifenwagen stoppte quietschend neben Bentheim. Er rannte zum Wagen und schilderte den Überfall, wobei er vermied, auf die Ursachen für die Entführung einzugehen.

Die Jogger schleppten den sich wehrenden Mann zurück auf die Straße, wo sie ihn der Polizei übergaben.

»Sieh mal an«, staunte einer der Beamten, als er bei der Durchsuchung dessen Pistole entdeckte.

Über Funk gab er an die Zentrale die Warnung durch, die anderen Flüchtigen könnten ebenfalls bewaffnet sein und es sei Vorsicht geboten.

Alarm wurde ausgelöst und Mannschaftswagen fuhren an allen Seiten des Tierparks vor und begannen ihn zu durchkämmen. Nach gut einer Stunde hatten sie den Fahrer entdeckt und mitgenommen. Der dritte Mann und der so schnöde zurückgelassene Genosse Herbert entkamen. Die Festgenommenen wurden zur Vernehmung abtransportiert und Bentheim durfte nach Feststellung seiner Personalien nach Hause gehen. Vorher hatte er eine Personenbeschreibung der beiden noch flüchtigen Entführer, soweit er sich erinnerte, abgegeben. Er würde sich am nächsten Tag in der Keithstraße zu einer Befragung einfinden.

Am Grenzübergang Invalidenstraße wuchs die Unruhe minütlich. Längst hätte das avisierte Fahrzeug da sein müssen. Stobbe und Schmittke liefen unruhig hin und her. Schmittke fasste ab und zu mit dem Finger zwischen Hals und Kragen, als würde er immer enger werden. Was war geschehen? Sollte ihre Aktion aufgeflogen sein, käme eine Menge Ärger auf sie zu. Es war Herbert, der es geschafft

hatte, sich mit dem Bus bis in die Nähe des Über-
ganges durchzuschlagen. Er rannte auf die Grenz-
sperre zu, wobei er nicht bedacht hatte, dass ihn
die dort Diensthabenden nicht kannten. Sie hatten
alle auf das Auto mit dem bestimmten Kennzeichen gewartet. Als er kurz vor der Sperranlage
stand, rief ihm eine Stimme durch ein Megafon zu:
»Kommen Sie mit erhobenen Händen langsam
hierher.«

Stobbe befahl:

»Sofort den Mann durchlassen, er ist von uns.«

Herbert war so aufgeregt, dass er am liebsten
laut gerufen hätte, dass alles schiefgegangen sei
und er vielleicht der Einzige wäre, der entkommen
konnte. Dann verschwand er hinter der Mauer und
konnte sich ausweisen. Das, was er berichtete,
löste blankes Entsetzen aus. Eine absolut geheime,
hochwichtige Aktion des MfS war fehlgeschlagen.
Da man den entführten Bentheim hinter der Grenzanlage erwartet hatte, standen dort Wagen bereit,
die ihn zur Vernehmung in die Normannenstraße
bringen sollten.

Man befahl Herbert, einzusteigen. Mit gemischten Gefühlen, wie er das Versagen der Aktion erklären könnte, stieg er ein.

»Wo sind die anderen?«, erkundigte sich Stobbe mit vor Wut zitternder Stimme.

»Keine Ahnung«, stotterte Herbert.

»Das ist keine Antwort«, blaffte Stobbe.

»Ich habe nur gesehen, wie Streifenwagen die Straße des 17. Juni in Richtung zu unserem Unfallwagen rasten.«

»Genosse, können Sie denn nicht einen situationsgerechten Bericht abgeben, was Sie gesehen haben?«, forderte ihn Schmittke barsch auf.

»Der Wagen ist aus irgendeinem Grund von der Fahrbahn abgekommen und gegen eine Laterne geprallt. Zwei unserer Leute sind aus dem Auto gesprungen, der Dritte lag schon draußen und sind dann in verschiedenen Richtungen in den Park gerannt. Der Dritte, der am Boden lag, hat sich aufgerappelt und wankte den anderen beiden nach. Er hatte wohl Probleme mit dem Sehen, denn er lief nicht sehr zielsicher zum Park. Dann kam immer mehr Polizei und ich machte 'ne Fliege. Ich habe dann einen großen Bogen geschlagen und 'nen Bus genommen. Rechtzeitig genug, denn kaum war ich aus dem Tiergarten raus, trafen die ersten Mannschaftswagen der Polizei ein.«

Erschöpft schwieg er.

»Was für eine elende Sauerei«, entfuhr es Stobbe. Ihm war schlagartig klar, dass seine Karriere beim MfS mit Sicherheit vorbei war. Was er nicht wusste, den Fahrer hatten sie im Park gestellt und festgenommen. Da die Polizei ahnte, dass die anderen sich zum Grenzübergang zu retten versuchten, parkte sofort ein ziviler Wagen mit Beamten in der Nähe des Übergangs. Für Herbert kamen sie zu spät, er hatte vorher die rettende Kontrollstelle passiert. Der vierte Mann, es war der Offizier, der die Aktion geleitet hatte, war, wie sein Kollege, in einem weiten Bogen um den Park herumgelaufen und näherte sich der Grenzanlage. Er wähnte sich bereits in Sicherheit und die Genossen, die die Straße mit ihren Ferngläsern nach den überfälligen Kollegen absuchten, sahen ihn bereits kommen.

Unvermutet öffneten sich neben ihm die Türen eines unauffälligen Wagens und drei Männer sprangen auf ihn zu. Er wehrte sich mit allen Kräften, aber er hatte keine Chance gegen drei entschlossene Polizisten. Sie zerrten ihn in den Wagen, der in schneller Fahrt Richtung Charlottenburg davonfuhr.

Bestürzt sahen Stobbe und Schmittke das Ende der anfangs so gelungenen Aktion.

Bentheim war entkommen und die Westberliner Polizei konnte mit ihrer Ausbeute, den drei Entführern, glänzen.

-26-

Die Tür zum Tagungsraum flog auf, krachte an die Wand und ein kleiner, dicklicher Mann stürmte herein.

Die Leiter der Hauptabteilungen duckten sich tiefer. Wie eine Schafherde warteten sie auf das Unvermeidliche und niemand käme ungeschoren davon. Ohne ein Wort der Begrüßung umrundete der Minister der Staatssicherheit mit kleinen, trippelnden Schritten die Versammelten.

»Genossen, wie konnte das geschehen, dass ein Klassenfeind wie der, der ...«

»Bentheim«, half eine Stimme. »Ja, richtig, dieser Bentheim, nicht zur Rechenschaft gezogen wurde. Was nützt der effektivste Geheimdienst, wenn es ihm nicht einmal gelingt, eine simple Entführung erfolgreich durchzuführen. Auf das Versagen der Sicherheitsmaßnahmen für die ‚Unterstützenden Mittel‘ werde ich zu einem späteren Zeitpunkt zurückkommen.

Ich erwarte Lösungsvorschläge zum Thema Bentheim.«

206

Die Runde saß wie erstarrt da. Niemand wagte sich zu äußern. Sie wussten, gefiele dem Minister die Antwort nicht, riskierten sie einen seiner spontanen Wutausbrüche.

Mit erstaunlichem Detailwissen wurde jeder, den es erwischte, fertiggemacht.

»Genossen, hat es Ihnen die Sprache verschlagen? Sind Sie nicht in der Lage, einen konstruktiven Vorschlag zu machen?«

Seine Stimme wurde lauter, durchdringender, unangenehmer.

Ein zögernd erhobener Arm ließ alle aufatmen. Ein Genosse hatte den Mut, sich zu äußern.

Es war der Leiter der Hauptabteilung Ausland, der eine Idee hatte:

»Genosse Minister, die Schuld für die bisherigen Aktivitäten, die wir gegen den Mann unternommen haben, konnte der Klassenfeind stets unserem Staat vorwerfen. Ich schlage deshalb vor, für Bentheim eine finale Lösung im Ausland vorzubereiten, sodass kein Verdacht auf uns fällt.«

Der Minister hielt im Laufen inne: »Weiter. Woran haben Sie gedacht? Was sollte mit dem Bentheim geschehen?«

»Es müsste wie ein Unfall aussehen«, erwiderte der Gefragte.

Käme die Anregung des Genossen gut beim unberechenbaren Chef an?

»Die Idee gefällt mir. Ich erwarte Sie in einer Stunde in meinem Büro, um die Details abzuklären«, akzeptierte der Minister den Vorschlag und verließ eilig, die Tür wie stets heftig ins Schloss werfend, den Tagungsraum.

Gewarnt vom fehlgeschlagenen Entführungsversuch, den die Westpresse wortreich, aber ohne interne Einzelheiten zu nennen, gemeldet hatte, durfte nun nichts mehr schiefgehen. Verliefe der Plan trotzdem nicht erfolgreich, sollte nicht der kleinste Hinweis auf die DDR hindeuten.

Die Anspannung bei den Versammelten löste sich und sie diskutierten die vorgeschlagene Maßnahme des Kollegen.

Die Genossen, die vorher bei den geheimen Aktionen versagt hatten, wurden aus der Schusslinie genommen.

Oberstleutnant Stobbe war ein hochdekoriertes, verdientes Parteimitglied. Sein Versagen konnte dennoch nicht ungeahndet bleiben. Er wurde im Dienstgrad herabgestuft. Nach reiflicher Überlegung unterstellten sie ihm die Abteilung, die die Vernehmungsprotokolle bearbeitete. Hier wurden die Aussagen der Häftlinge überprüft und gegebenenfalls für die Justiz vorbereitet. In der Praxis hieß das für ihn, demnächst seine Arbeitszeit zwischen Aktenbergen zu verbringen. Major Schmittke erhielt eine Besoldungsgruppe weniger und kam mit einem negativen Eintrag in seiner Kaderakte davon.

-27-

Bentheim ließ sich für zwei Wochen beurlauben. Die Redaktion gestattete das mit großer Freude, hatte sie durch den Entführungsversuch wieder eine reißerische Schlagzeile zur Verfügung, was dem Absatz der Zeitung guttat. Erwin Berg war es, der zu ihm nach Hause kommen durfte, um die Details der Entführungsstory aufzuschreiben. Bentheim schilderte den Ablauf minutiös. Immer wieder unterbrach ihn sein Kollege und meinte:

»Mann, oh Mann, hast du ein Glück gehabt. Außerdem wäre das nicht so glatt verlaufen, wenn du durch das Training nicht so fit gewesen wärst.«

»Ja, das war ein wahrer Segen und dafür muss ich mich bei Gelegenheit bei meinem Trainer bedanken, der mich dazu angehalten hat.«

»Kannst du dich erinnern, wie die Ostmedien wutschäumend die Beschaffung des Dopingmittels als eine verbrecherische Aktion westlicher Gangster darstellten? Den Artikel, den wir jetzt aufgrund deiner versuchten Entführung schreiben werden, wird sie als weitaus schlimmere Gangster entlarven, die nicht einmal vor Menschenraub zurückschrecken.

Ich möchte nicht in der Haut derjenigen stecken, die diesen missglückten Anschlag zu verantworten haben.«

»So, mein Lieber, genug geplauscht, gleich wird Eva-Maria kommen, du kennst sie ja vom Weihnachtsfest in der Redaktion, und froh sein, dass ich noch lebe. Wir wollen Urlaub machen und uns erholen.«

»Bin schon weg«, griente Berg und verabschiedete sich.

Die Überschrift in der Zeitung ‚Die Tageszeit' musste den Verantwortlichen jenseits der

Mauer das blanke Entsetzen einjagen: ‚Entführungsversuch durch DDR-Agenten nach Chicagoer-Vorbild'.

In der Redaktion hatte Hausmann darauf Wert gelegt, dass die Brutalität des Entführungsversuchs haarklein in allen Einzelheiten dargestellt wurde. War die Tatsache an sich schon dramatisch genug, las sich der Ablauf des Ereignisses aufregend wie ein Thriller.

Bentheim erhielt wieder körbeweise Post. Sie beglückwünschten ihn zum glücklichen Ausgang der Entführung und empörten sich über die Methoden durch ‚die da drüben', wie sie schrieben. Briefe, in denen bedauert wurde, dass er sich nicht vor der DDR-Justiz verantworten musste, waren in der Minderheit.

Zum zweiten Mal schnellte die Auflage der Zeitung in ungeahnte Höhe und brachte somit den dringend benötigten Gewinn.

Die in den nächsten Tagen groß aufgemachten Berichte über die versuchte Entführung des Journalisten Bentheim verursachte betretenes Schweigen im MfS. Den Diebstahl des Dopingmittels hatten die ostdeutschen Medien weidlich ausgenutzt,

Westberlin als einen Hort der imperialistischen Agenten und Gangster anzuklagen.

Die missglückte Entführung jedoch musste unter allen Umständen vertuscht werden. Nicht eine einzige Zeile, nicht der kleinste Artikel darüber. Kein Wort im Radio und der ‚Der schwarze Kanal' war seltsamerweise sprachlos.

Den reißerischen Bericht in der Westpresse über die drei gefassten Agenten ließ man unkommentiert.

Die Vernehmungen in der Keithstraße führten zu wenig Substanziellem.

Der festgenommene Fahrer, der Offizier und der inzwischen wieder sehfähige andere Agent schwiegen eisern. Zu groß war ihre Angst vor den Repressionen, wenn sie wieder zurück in die DDR kämen. Die drei warteten auf ihre Anklagen und hofften, gegen westliche Spione ausgetauscht zu werden. Die Beweise für die Verhandlung wurden anhand der vorliegenden Zeugenaussagen zusammengetragen. Von besonderer Beweiskraft war das gestohlene, mit falschen Kennzeichen versehene Auto, die Flasche mit dem Betäubungsmittel und die Pistolen, die bei den Verhafteten gefunden wurden.

Die weitere Bearbeitung des Falls übernahm das Bundeskriminalamt.

-28-

Bentheim und Eva-Maria hockten beisammen und planten ihren Urlaub. Er bewunderte ihren sonnengebräunten Teint, der einen harmonischen Kontrast zu ihren blonden Locken bildete. Ihre blauen Augen vervollkommneten ihr anziehendes Äußeres. Habe ich ein Glück mit ihr, freute er sich.

»Von heißer Sonne, Staub und wilden Tieren habe ich die Nase voll«, begann Eva-Maria.

»Schade«, lächelte Harry, »ich wollte gerade vorschlagen, nach Afrika zu fliegen, um mit dir auf Safari zu gehen. Nein, schau nicht so, war doch nur ein Scherz, denn dieses Vergnügen hast du ja jeden Tag bei deiner Arbeit.«

»Ich denke, wir sollten uns etwas Erholsameres aussuchen, Aufregung hattest du genug in der letzten Zeit«, schlug Eva-Maria vor.

»Woran hast du gedacht?«

»Was hältst du davon, in die Berge zu fahren? Der Frühling ist genau die richtige Zeit, die erwachende Natur zu genießen.«

»Ja, mit der Idee könnte ich mich anfreunden«, überlegte Bentheim und erkundigte sich:

»Hast du eine bestimmte Gegend im Sinn?«

»Ich dachte an Österreich.«

»Warum Österreich?«

Sie lächelte verschmitzt und fuhr fort: »Ich gebe zu, ich habe da einen Hintergedanken.«

»Und der wäre?«

»Ich erinnere mich gut daran, als du mir am Telefon von dem Lorenz Steiner erzähltest und dass du gerne mehr über den Menschen herausbekommen wolltest. Immerhin ist er die Hauptfigur in dem Drama.«

»Stimmt. Deine Idee finde ich klasse, zumal sich vielleicht daraus eine neue Geschichte für die Zeitung ergibt.«

»Lass uns einen Abstecher nach Wien machen und danach dahin fahren, wo der Steiner herkam. Weißt du, wo das ist?«

»Ja, als wir im Café Möhring zusammensaßen, erwähnte er den Ort, wo er herstammte.

Ich bin mir sicher, der Ort hieß Sankt Margarethen in der Steiermark.«

»Abgemacht. Du besorgst die Autokarte von Österreich und ich kümmere mich um die Hotels«, verkündete Eva-Maria.

»Prost auf unsere Reise«, freute sich Bentheim und der Wein schmeckte bereits nach Urlaub.

Am nächsten Wochenende war alles startklar.

Der Opel-Senator war aufgetankt und für die Fahrt bereit. Das morgendliche Wetter zeigte einen bedeckten Himmel, aber die Voraussage versprach für den Nachmittag einen sonnigen Tag.

Eva-Maria hatte sich in zwei Tagen mit dem Wagen vertraut gemacht. Der Grund hierfür war, dass Bentheim nicht riskieren wollte, durch die Zone zu fahren. Er stünde garantiert auf der Fahndungsliste der Grenzorgane. Deshalb flöge er voraus nach München. So war der Plan.

Dort träfen sie wieder zusammen.

Sie war lange nicht in Berlin gewesen und musste sich erst einmal damit abfinden, im eigenen Land durch Grenzen zu fahren. Eva-Maria näherte sich der DDR-Grenzübergangsstelle Drewitz und reihte sich in die Schlange der vor ihr stehenden Autos ein. Ein Uniformierter schlenderte betont lässig und sich seiner Macht bewusst an den Wartenden vorbei und schaute prüfend, wie es schien, in die Wagen. Sie blickte zu ihm auf und schenkte ihm ein freundliches Lächeln, das er ohne eine Miene zu verziehen, ignorierte. Dann war sie an der Reihe. Auf ein Handzeichen hin, rollte sie langsam zur Passkontrolle. Eva-Maria hatte ein beunruhigendes Ziehen im Bauch, als sie ihren Ausweis und den Fahrzeugschein in die Kontrollbaracke reichte. Nicht, dass sie etwas zu befürchten hätte. Jedoch war es der Wagen von Harry Bentheim. Es ging glatt. Der Fahrzeugschein mit seinem Namen war anscheinend nicht auf einer Fahndungsliste verzeichnet. Kaum hatte sie die Kontrolle hinter sich, hätte sie gerne ausprobiert, was Harrys neuer Opel zu leisten imstande war. Ging aber nicht. Sie war durch ihren Aufenthalt in Afrika so an die Freiheit gewöhnt, dass es ihr besonders schwerfiel, das Gaspedal nicht durchzutreten. So riss sie sich zusammen und rollte mit den vorgeschriebenen einhundert Stundenkilometern Richtung Süden.

In München trafen sie sich im Hotel, wo Harry unruhig hin- und herlief.

»War ich erleichtert, nachdem ich in Hof durch die Grenze war«, seufzte Eva-Maria.

»Vergiss alles, was hinter uns liegt, jetzt gilt es nur, unseren wohlverdienten Urlaub zu genießen«, lächelte Harry. »Morgen fahren wir ganz gemächlich Richtung Wien und halten an, wo es uns gefällt.«

Der Wagen erwies sich als ein ideales Reiseauto, geräumig und bequem. Selbst längere Fahrten auf Passstraßen gelangen sicher und ermüdungsfrei.

Die nächsten Tage erfüllten all ihre Urlaubsträume. Das Wetter blieb beständig, und das wechselnde Alpenpanorama entzückte sie jeden Tag erneut. Harry vergaß alle guten Vorsätze, sein Gewicht zu halten, und schwelgte in der österreichischen Küche.

Endlich näherten sie sich Eva-Marias Traumziel Wien.

»Ich sehe sie schon«, rief sie aufgeregt und rutschte ein Stück dichter an die Frontscheibe des Wagens, als käme sie dem Anblick dadurch näher.

»Was siehst du schon?«, wunderte sich Harry und konzentrierte sich auf den Straßenverkehr.

»Die Türme vom Stephansdom.«

»Wenn du dich noch einen Moment zügeln könntest«, beruhigte er sie, »dann hast du den ganzen Tag Zeit, dir den Dom von Nahem anzusehen.«

»Wieso?«

»Weil das Hotel, das ich gebucht habe, direkt in der Nähe mit Blick auf den Dom liegt.«

Sie beugte sich zu im hinüber und drückte ihre Freude mit einem Kuss aus.

Am Hotel angekommen, bezogen sie ihr Zimmer und Harry fuhr den Wagen eine Querstraße weiter in eine zum Hotel gehörende Tiefgarage.

Am selben Abend stand ein Bummel mit Besichtigung des Doms und durch die Innenstadt an.

»Und morgen schauen wir uns das Schloss Schönbrunn, die Hofburg, das Sisi-Museum und …«

»Halt, stopp«, unterbrach Harry lachend die Aufzählung. »Wenn wir dein Mammutprogramm abgearbeitet haben, dann versprich mir bitte, dass ich mir nach so viel Kultur ein Stück Sacher-Torte im Café Sacher verdient habe.«

»Einverstanden, aber erst nach einer Fahrt mit dem Riesenrad im Prater«, forderte Eva-Maria.

»Und am Abend einen Heurigen in gemütlicher Umgebung«, ergänzte Harry.

»In Ordnung. So machen wir das«, beschloss Eva-Maria.

Zwei Tage später brachen sie nach Sankt Margarethen auf, um nach Spuren aus Steiners Leben zu suchen. Sie fuhren sehr früh los. Sie wollten an diesem Tag noch bis Graz kommen.

-29-

Der Verkehr auf der Passstraße stockte. Blaulichter blitzten in der Morgendämmerung.

Die Gendarmen der österreichischen Verkehrspolizei standen vor einem Autowrack.

Es lag auf der Fahrerseite. Im Rettungswagen wurden zwei Personen betreut.

Harry Bentheim hatte einen blutgetränkten Kopfverband, der die tiefe und breite Platzwunde abdeckte.

»Die muss genäht werden«, stellte der Helfer fest. Bentheims linkes Auge war zugeschwollen. Er saß zusammengesunken neben einer Trage. Auf der Trage lag Eva-Maria, deren gebrochene rechte

Schulter vom Sanitäter versorgt wurde. Ein Gendarm stand an der Tür des Rettungsfahrzeugs und nahm Harrys Personalien auf. Er erkundigte sich:

»Sind Sie in der Lage, den Unfallhergang zu schildern?«

»Harry nickte vorsichtig, richtete sich ächzend auf und murmelte:

»Ja, geht schon.« Ehe er berichtete, nahm er einen tiefen Schluck Wasser aus der ihm gereichten Flasche.

»Wir fuhren die Straße bergab, als ein Fahrzeug vor uns ohne Anlass stoppte. Ich bremste sofort so stark es nur ging, aber es hätte nicht gereicht, den Auffahrunfall zu vermeiden.

So musste ich nach links auf die Gegenfahrbahn ausweichen. Zum Glück kam kein Wagen auf dieser Seite. Ich wechselte erleichtert zurück auf die rechte Fahrbahn und wollte anhalten, um mich nach dem Verursacher für mein Ausweichmanöver umzusehen, als das Bremspedal nachgab, ohne dass das Auto verlangsamte. Ich pumpte wie besessen, um Druck aufzubauen, vergeblich. Der Wagen rollte immer schneller die abschüssige Straße hinab.

Wir befanden uns plötzlich in Todesgefahr. Um nicht bei der nächsten Kehre hinaus in die Tiefe gerissen zu werden, gab es nur eine Möglichkeit, den Wagen zu verlangsamen.«

Er schwieg erschöpft. Der Polizist reichte ihm eine Flasche mit Wasser. Harry fuhr fort:

»Ich musste das Auto gegen die Felswand, die sich auf der Seite der Gegenfahrbahn erhob, lenken, um es abzubremsen. Ich hoffte inständig, dass mir in diesem Moment nicht ein Fahrzeug auf dieser Seite entgegenkam. Das Geräusch vom Wagenblech an dem Felsen kreischte in den Ohren, die ich mir lieber zugehalten hätte. Die linke Seitenscheibe zersplitterte und die Glassplitter flogen in den Innenraum. Meine Begleiterin schrie in Panik. Zweimal prallte ich von der Felswand zurück auf die rechte Fahrbahn, beim dritten Mal blockierte das linke Vorderrad, der Wagen drehte, und überschlug sich. Dann verlor ich das Bewusstsein.«

Von der Trage her tastete sich Eva-Marias linker Arm zu Harry. Er erfasste ihre Hand und sie hielten sich gegenseitig fest.

Er hörte den Mann sagen:

»Danke, Sie haben uns mit Ihrer Aussage geholfen. Ich überlasse Sie jetzt lieber den Sanitätern. Sie hatten großes Glück, dass ein Lastkraftwagenfahrer, der bergauf fuhr, den Unfall sah und rechtzeitig bremste, denn Ihr Fahrzeug lag nur wenige Meter von ihm entfernt auf der Fahrbahn. Er war es, der Ihre Begleiterin aus dem Wrack befreite und auf dem Seitenstreifen in Sicherheit brachte.«

»Und wer hat mich herausgeholt?«

»Das hat etwas länger gedauert. Erst mithilfe weiterer Personen hat man den Wagen wieder auf die Räder gestellt und Sie herausgezogen. Dann kam das Rettungsfahrzeug und versorgte Sie.«

Den letzten Satz hatte Harry nur bruchstückhaft gehört, ehe es erneut dunkel vor seinen Augen wurde.

Erst im Spital kam er wieder zu sich.

»Wo ist Frau Landergott und wie geht es ihr?«

»Ihr geht es den Umständen gut. Der Schulterbruch rechts ist versorgt. Es ist ein glatter Bruch und in etwa zehn Wochen ist alles vergessen. Sie liegt im Nebenzimmer und hat mich vor ein paar Minuten gefragt, wie es Ihnen geht«, tröstete ihn die Schwester.

»Kann ich zu ihr gehen?«, bat Harry.

»Zuerst werden wir uns um Ihren Kopf kümmern, der scheint einiges abbekommen zu haben«, zögerte sie die Antwort hinaus.

Da öffnete sich die Tür und Eva-Maria kam in den Raum.

»Ich glaube, ich lasse Sie jetzt für eine Weile allein«, schmunzelte die Schwester und enteilte.

Nachdem er ärztlich versorgt war, bat Harry, telefonieren zu dürfen. Er informierte umgehend die Redaktion. Hausmann war schockiert und drauf und dran, sich sofort zu den Verunglückten zu begeben. Harry konnte ihn nur mühsam davon abhalten und versicherte mehrmals, es ginge ihnen den Umständen entsprechend gut.

Ehe er auflegte, hörte er seinen Chef: »Die Kollegen wünschen Ihnen gute Besserung und freuen sich, Sie bald in ihren Reihen wiederzusehen.«

Harry ließ ihnen ausrichten, er bedanke sich für die Genesungswünsche.

Nach einigen Tagen waren beide in der Lage, von Wien aus nach Berlin zu fliegen. Hausmann rief bei Harry zu Hause an:

»Dich kann man nicht eine Sekunde aus den Augen lassen und schon passiert etwas«, neckte er ihn und erkundigte sich besorgt: »Wie geht es dir und Eva-Maria? Kann ich euch irgendwie helfen?«

Harry stoppte den Chef mit den Worten: »Halt, langsam. Es geht uns den Umständen soweit gut. Abgesehen von Eva-Marias Arm, der noch längere Zeit brauchen wird, um zu heilen, und außer meiner Gehirnerschütterung, die sich ab und zu mit Kopfschmerzen meldet, ist alles bestens.

Ich bin dir dankbar, wenn du das mit dem Wagen erledigen könntest. Man sagte mir, er hätte einen Totalschaden. Deshalb lass ihn in Österreich verschrotten.

Wir beide brauchen im Moment nur eines, und zwar Ruhe.«

Hausmann versprach, sich um alles Weitere zu kümmern.

In der Redaktion waren sie erleichtert über den Ausgang des Unfalls. In einer Krisensitzung hob Erwin Berg die Hand und sprach aus, was sie vermuteten:

»Da hat einer die Bremsen manipuliert.«

Womit er recht hatte.

Die österreichische Polizei teilte den Berliner Kollegen im Unfallbericht mit, dass es ihren Fachleuten gelungen war, die Ursache des Unfalls herauszufinden. An der Unfallstelle fanden sich Spuren einer Flüssigkeit auf der Fahrbahn, die sich nach Bremsflüssigkeit anfühlten. Das sagte ein Polizist aus, nachdem er sie zwischen Daumen und Zeigefinger geprüft hatte. Seine Vermutung stellte sich als richtig heraus. Bei der genaueren Untersuchung fand man eine geschickte Beschädigung an der Bremsanlage, die einwandfrei absichtlich verursacht worden war, um einen Unfall herbeizuführen.

-30-

Der Artikel in ‚Die Tageszeit' beunruhigte die Verantwortlichen im MfS-Hauptquartier. Bentheim hatte überlebt. Wenn auch nur knapp. Bentheim hatte die Redaktion gebeten, über den Unfall nur mit wenigen Zeilen zu berichten.

Die Andeutungen im Artikel ließen aber durchblicken, dass vermutlich ein Zusammenhang von seinen Aktivitäten im Dopingfall mit der vorsätzlich manipulierten Bremsanlage gegeben sei. Die genaue Ursache für den Ausfall der Bremsen untersuchten die Spezialisten der österreichischen Polizei.

Ein Beweis, wer dafür verantwortlich war, könnte zurzeit nicht erbracht werden.

Mit einem leichten Aufatmen nahm man in der Normannenstraße diesen letzten Satz zur Kenntnis.

-31-

Peter Stobbe und Hans Schmittke trafen sich auf der Datsche von Schmittke in Mahlsdorf. Seine Frau hatte sich bei einer Freundin angesagt, weil sie wusste, die Männer blieben bei ihren Treffen lieber unter sich. Die beiden hätten draußen im Garten bei dem schönen Wetter sitzen können, aber die benachbarten Datschen lagen zu dicht daneben. Wie leicht erfuhren Nachbarn etwas aus den Gesprächen, das sicher nicht für andere Ohren bestimmt war.

Stobbe hustete ab und zu, sodass Schmittke sich nicht verkniff zu fragen:

»Sind das bereits die Folgen deiner neuen, staubigen Aktenbearbeitung?«

»Danke für die mitfühlende Bemerkung«, räusperte sich Stobbe. »Weißt du ein Mittel dagegen?«

»Bin schon dabei.«

Schmittke öffnete eine Flasche ‚Rotkehlchen' vom Berliner Bürgerbräu und reichte sie ihm.

Dann bediente er sich selbst mit einem Bier, nahm einen Schluck und schaute zu, wie auch sein Gast den ersten Schluck nahm.

»Das war es wohl«, begann Stobbe, wobei er den Unfall von Bentheim meinte, und wischte sich mit dem Handrücken über den Mund.

»Das denke ich auch«, gab Schmittke zurück und überlegte laut:

»Der Bentheim hat einen besonderen Schutzengel. Erst bemerkt keine unserer Abteilungen, wie er sich an die Personen heranmacht, die ihm das Dopingmittel besorgen, dann klappt die Verschleppung nicht und schließlich überlebt er noch den Autounfall.

Unsere Genossen hatten schließlich alles sorgfältig vorbereitet.

Die Mitarbeiter, die die Beobachtungen für die Entführung vorher durchführten, hatten den Auftrag, den Mann weiter zu observieren. Die zuständige Abteilung versuchte herauszufinden, ob Bentheim beabsichtigte, ins Ausland zu fahren. Dann käme der zuletzt ausgearbeitete Plan zur Ausführung. Ich denke gerade daran, was unsere

Leute für Mühe aufgewandt haben, um herauszubekommen, wohin der Journalist plante zu verreisen.«

»Und wie haben sie das erfahren, dass er vorhatte, nach Österreich zu reisen? Du hast ja den direkten Kontakt zu dieser Abteilung beibehalten«, kam Schmittkes neugierige Frage.

»War gar nicht so schwer«, erklärte Stobbe. »Ein IM hatte gesehen, dass der Bentheim ein Reisebüro aufsuchte. Daraufhin setzten sie eine Kollegin ein, die dort anrief und mit allen Mitteln, die eine Frau aufbringen kann, herausbekommen sollte, wohin ihr Verlobter Harry, wie sie vorgab, gebucht hatte. Er wollte es ihr nicht sagen, da es eine Überraschung sei. Sie aber fragte, wie sie sich allein mit der Kleidung vorbereiten sollte, wenn sie das Reiseziel nicht wüsste. Und so erhielt sie Auskunft. Der Reisebüroangestellte verriet ihr sogar das Hotel und den genauen Termin für die Hotelbuchung.

»Wofür Frauen doch alles gut sind«, lästerte Schmittke.

Stobbe setzte die Flasche an, trank und nickte zustimmend.

Nach einem befreienden Rülpser beendete er das Thema:

»Die Ergebnisse der Überwachung bekam der Genosse in Wien und leitete umgehend die Sabotage an der Bremsanlage in die Wege. Ihm kann man keine Schuld zuschieben, denn er hat seinen Auftrag erfüllt.«

Eine müde Frühjahrsfliege hatte sich auf den Rand vom Flaschenhals bei Schmittke niedergelassen.

Die Flasche war ausgetrunken und er schubste sie ins Innere mit den Worten:

»Prost Fliege, nur mit Alkohol ist das Dasein zu ertragen«, wobei er in ein glucksendes Gekicher ausbrach.

Er stellte die Flasche auf den Tisch und sah zu, wie das Tier verzweifelt im Bierrest um sein Leben strampelte.

Mit der linken Hand angelte er sich die nächste Flasche, öffnete sie und fuhr mit wahrer Leidensmiene fort:

»Wir haben die Quittung für das Versagen von unseren Oberen zu spüren bekommen. Ich kann mir nicht vorstellen, dass wir jemals wieder die hohen Stellungen bekleiden werden, wie wir sie innehatten.«

»Sicher nicht«, stimmt Stobbe zu, »doch es hätte weitaus schlimmer kommen können. Wir sollten dankbar sein, nicht selber in einer Zelle gelandet zu sein.«

Sie schwiegen, nahmen ab und zu einen kleinen Schluck, ehe Schmittke nach einem Aufstoßen der Kohlensäure erneut ansetzte:

»Mir ist gerade eine verrückte Vorstellung durch den Kopf gegangen.«

»Lass hören.«

»Stell dir vor, unser antifaschistischer Schutzwall fiele eines Tages.«

»Hör auf, mir so einen Schrecken einzujagen«, hustete Stobbe, weil er sich am Bier verschluckt hatte. »So etwas will ich mir nicht einmal im Traum vorstellen. Vielleicht stünde plötzlich der Bentheim vor uns und würde Rechenschaft von uns verlangen. Der reinste Albtraum!«

»War ja nur mal so ein Gedanke«, beruhigte ihn Schmittke. »Ich bin mir sicher, dass die Mauer noch lange stehen bleibt.«

»Bist du dir da so sicher?«

»Klar, dafür wird schon unser großer Bruder, die Sowjetunion, sorgen.«

»Darauf trinke ich«, rief Stobbe sichtlich erleichtert über diese Aussicht und sie prosteten sich gegenseitig zu.

-32-

Bentheim räkelte sich im Korbstuhl, der bedenklich knarrte, blinzelte in die untergehende rote Sonne und wandte seinen Kopf zur Seite.

Eva-Maria nippte an ihrem Caipirinha-Cocktail und schaute zu ihm hin.

»Haben wir uns das verdient?«, flüsterte sie.

»Ja, ganz sicher«, kam leise seine Antwort.

»Nach den vorangegangenen Strapazen und Gefahren, war es genau richtig, hier in der Safari-Lodge zu regenerieren. Zum Glück arbeite ich für das Touristikbüro hier in Tansania. Nur dadurch haben wir diese Luxusunterkunft zu diesem Preis und so kurzfristig in der Hochsaison bekommen.«

»Man muss nur die richtige Frau kennen«, murmelte Harry.

»Hab genau gehört, was du gesagt hast«, meinte sie gespielt entrüstet.

Er lächelte, wie um Verzeihung bittend, griff mit der linken Hand nach einem Glas mit Orangensaft und sagt leise:

»Dafür danke ich dir, aber selbst die wunder-
vollsten Tage gehen einmal zu Ende. Ich denke seit
einiger Zeit daran, dass ich bald wieder Artikel über
den Sport schreiben muss. Das habe ich weiß Gott
lange genug getan. Vielleicht sollte ich etwas anderes versuchen.«

»Dann bleib doch hier«, schlug Eva-Maria spontan vor.

Von Ferne hörten sie einen Elefanten trompe-
ten, ein zweiter und dritter antworteten.

»Um diese Zeit kommen die Tiere, um an der
Wasserstelle in Sichtweite der Lodge zu trinken«,
bemerkte Eva-Maria.

Die ersten grauen Riesen tauchten in der Däm-
merung auf. Sie schauten gespannt auf das Schau-
spiel. Keine zweihundert Meter trennten sie von
den gewaltigen Tieren.

»Die Idee hat was«, überlegte Bentheim nach einigen Minuten, »aber als Journalist für weltweite
Sportereignisse sehe ich wenig Chancen, hier zu arbeiten.«

»Das ist wohl so. Ich dachte eher, dass du mit
deinem Talent den tansanischen Tourismusver-
band unterstützen könntest.«

»Ich bin der Meinung, dass derart schwerwiegende Entscheidungen etwas mehr Zeit brauchen. Zudem genieße ich im Moment lieber das Luxusleben mit dir in dieser zauberhaften Umgebung.«

»Da hast du wiederum recht«, gab Eva-Maria lächelnd zu und rückte ihren Korbsessel ein Stück näher an seinen heran.

-33-

Bentheims Erholungsurlaub ging schneller zu Ende als gedacht.

Eva-Maria nahm wieder die Arbeit beim Tourismusbüro auf.

Sie hatte gehofft, Harry davon zu überzeugen, dem Gedanken, hier in Tansania zu arbeiten, näherzutreten. Seine Entscheidung, weiter im Verlag zu arbeiten, musste sie schweren Herzens akzeptieren.

Er hatte die herrliche Zeit hier in der Safari-Lodge genossen, sehnte sich aber irgendwie nach Berlin und den Kollegen.

Am Montag nach seiner Rückkehr fuhr er mit einem Taxi zum Verlag. In den kommenden Tagen müsste er sich um einen neuen Wagen kümmern, überlegte er.

In der Redaktion wurde Bentheim wie eine verlorene Seele begrüßt.

Sie hatten zusammengelegt und Erwin Berg hatte die leckere Torte mit dem Schriftzug ‚Willkommen Harry!‘ besorgt und auf seinen Stammplatz im Besprechungsraum gestellt.

Als er in den Raum trat, hatten sich alle Kollegen zu seiner Begrüßung eingefunden.

Sie umringten ihn und die Fragen nahmen kein Ende. Er spürte ihre ehrliche Anteilnahme an seinem Schicksal.

Am tortengeschmückten Platz angekommen, war er überzeugt, dass sie ihn wirklich vermisst hatten.

Mit den Worten:

»Kinder, macht mal halblang«, versuchte Bentheim die Begeisterung an seiner Rückkehr zu stoppen. »Ich bin ja wieder voll einsatzfähig und harre der kommenden Abenteuer«, scherzte er.

Hausmann, der neben ihm stand, wies auf die weißliche Narbe über Bentheims Ohr, die sich deutlich durch die Haare abzeichnete, und zog ihn mit den Worten auf:

»Harry, ich bin mir sicher, dass du nicht noch mehr dieser Andenken haben möchtest.«

»Nein, darauf verzichte ich gerne«, bestätigte Harry.

Nachdem sich der erste Ansturm gelegt hatte, übernahm Hausmann wie gewohnt die Redaktionsbesprechung.

Er wandte sich Harry zu:

»In Anbetracht deiner Verdienste um die zweite Auflagenerhöhung unserer Zeitung, hat die Geschäftsleitung beschlossen, dich zu den Olympischen Sommerspielen in diesem Jahr nach Los Angeles zu entsenden.«

Seine Worte wurden durch das zustimmende Klopfen auf die Tischplatte von den Kollegen bestärkt.

Hausmann wartete schmunzelnd, um dann zu ergänzen:

»Wir schicken dich guten Gewissens über den Großen Teich, denn da die DDR nicht an den Spielen teilnehmen wird, können wir sicher sein, dich danach wieder gesund bei uns begrüßen zu dürfen.«

Allgemeines Gelächter.

Bentheim war sichtlich überrascht und stotterte mit einem Blick auf den Wandkalender, der gegenüber an der Wand hing:

»Dann wird es aber höchste Zeit, meine Sachen zu packen.«

Spontan hob er die Hand und verkündete, sichtlich froh über die Aussichten, die auf ihn warteten:

»Hiermit lade ich euch heute zu einem gemütlichen Abend in die ‚Paris Bar' ein.«

Das gemeinsame Treffen in der Bar ging als ein besonderes Ereignis in die Annalen der Redaktion ein.

Es setzte einen Schlussstrich unter die außergewöhnlichen Geschichten des Journalisten Harry Bentheim und eines Lorenz Steiner.

***